RAINBOW EYES
LO QUE TU MIRADA ESCONDE

CASILDA GONZÁLEZ FORNÉ

Letrame
Grupo Editorial

Primera edición: junio 2018

Diseño de edición: Letrame Editorial.
Diseño de portada: Norberto Sánchez Sanz.

ISBN: 978-84-17499-77-8

DEPÓSITO LEGAL: AL 1146-2018

Este libro colabora con: Save the Children

Impreso bajo demanda gestionado por Bibliomanager

Este libro jamás habría sido posible sin la ayuda de mis tres
"Reyes majos" así que se lo dedico a ellos:
Ana,
por demostrar que hay amistades que no entienden de kilómetros.
Azahara,
por ser mi "melenas" y la mejor compañera en un Apocalipsis zombi,
y a Nor, mi pareja,
por tener fe en mí cuando ni yo la tenía.

El picor era bueno, purificaba. El olor raspaba la suciedad nociva. Como los fieles haciendo su cruz con los dedos mojados en agua bendita antes de entrar al templo él cumplía con su ritual. No había rincón que se salvara, aunque incomodara, era necesario, era lo que había que hacer. La suavidad del jabón de acero inoxidable es como una caricia, un gesto de cariño y, como tal, debilita y por sí solo es insuficiente. Necesitaba la acidez corrosiva en su olfato. Era intoxicante, embriagadora. Una vez terminada la limpieza, se secó con cuidado dando pequeños toques sobre la piel sonrosada con la toalla de un blanco impoluto. Ninguna crema calmaría las irritaciones, su madre se lo había advertido con firmeza abusiva. Eso devolvería la suciedad grasienta a su cuerpo. El roce de la bata hizo de muralla entre el frío y él. Tomó aire, excitado y en paz al mismo tiempo. Abrió la puerta del baño, ignoró su habitación a oscuras y encaró el pasillo. Se desplegaba ante él como una caverna de madera. Ni una mota de polvo, ni un cabello o huella mancillaba las tablas. En el yeso del techo las sombras tallaban relieves sutiles casi tan sólidos como las decoraciones reales. Sus pies en las zapatillas afelpadas arrastraban su corazón desbocado hacia la puerta del fondo. Pasos tan leves como mariposas. ¿A quién o qué temía despertar? No sería al vigilante apoyado en la jamba derecha de la puerta. No había nada que pudiera perturbar al perro guardián. El asomo de una sonrisa revoloteó por unos labios desacostumbrados al gesto. Al otro lado le esperaban dispuestos a darle una bienvenida que nunca antes le habían dado. Siguió avanzando escoltado por el reflejo abstracto de su cuerpo impaciente ¿Cómo encajaría el nuevo inquilino? Esperaba que el resto lo aceptara de tan buen grado como él lo había hecho. Pero, antes de dar un paso más, se detuvo a acariciar la cabeza apolillada del galgo negro disecado cuyas cuencas vacías eran pozos. Sombras que conservaban el eco de bienvenidas pasadas mucho más efusivas. Debía seguir el orden. Siempre. El orden está para cumplirlo. El orden evita el caos. El orden es limpio.

Gemma era más sudor que persona. Había dormido fatal y ni el primer ni el segundo café la habían ayudado a despejarse. En vista que un tercero no iba a ser la solución usó su otra arma: boxeo. El saco anclado al techo bailoteaba a su ritmo. Puño, puño, gancho. ¡Mueve los pies! Apenas podía oírse *Wish I had an angel* de Nigthwish entre su respiración entrecortada. Sonó la alarma, fin del asalto. Estaba por ignorarla y seguir cinco minutos más pero ese precioso tiempo debía invertirlo bajo el agua de la ducha. Se quitó los guantes rojos y desgastados sintiéndose como un muñeco idiota y los colgó del gancho. También los protectores que, junto al resto de lo que llevaba puesto, iban a ir directos a la lavadora. O eso o tendría que mudarse de casa por el pestazo sobaquero. Echó los shorts negros y el top de tirante grueso junto a la ropa interior al cesto que estaba tras la puerta de la cocina y se fue desnuda al baño. Ventajas de vivir sola y en un piso alto: no hay vecinos que te vean ni nadie que te distraiga intentando echarte un polvo. Dejó correr el agua hasta que alcanzara esa temperatura de «un grado más y saldré en estado gaseoso» mientras deshacía la coleta baja. El pelo de un rubio grisáceo se le pegaba a la piel como patitas de un pulpo pervertido, lo apartó de un manotazo de los ojos color café envueltos en ojeras. Al ver su reflejo le recordó a los esbozos que hacían en clase de plástica, todo hechos de palos, triángulos y filos. Fibra pura, nervio y café… y algo de música heavy… y pelos de gato. Con poco más de metro sesenta desde pequeña supo que a los matones o les paras o digievolucionan en tu peor pesadilla, y ello la había convertido en la versión borde y adicta a la cafeína de la nerd que tenía el cuello encallecido por las collejas. Metió la mano bajo el grifo y justo antes de poner un pie dentro de la bañera, sonó el teléfono.

—No me jodas…

Cogió el aparato cagándose en todo cuando vio que llamaban desde el trabajo.

—Espero que los cómics que lees te hayan endurecido el estómago —dijo Ramírez—. Esto parece sacado de uno de ellos. Te necesito aquí a la de ya —y colgó.

Así me gusta, ni un buenos días ni un adiós. Podría haber descolgado el aparato Jesucristo Superstar que al tío le daba igual, pero la curiosidad la recorría con sus mil patitas de insecto por todo el cuerpo. En Burgos, la ciudad donde nunca pasa nada, ha pasado algo.

Por suerte ni tuvo que coger el coche, la escena estaba a un paseo de su casa. Cuando le dijeron el piso lo recordaba. Había estado ahí con unos amigos hace unos años celebrando no sé qué antes de que se mudaran. Estaba situado en la emblemática calle La Paloma flanqueada por un lado por la piedra y las rejas de los arcos apuntados de la catedral y por el otro por negocios turísticos que competían a ver quién vendía el imán más hortera (y los vendían, que eso era lo más fuerte). Sus deportivas negras de suela gruesa chapoteaban entre los charcos del embaldosado gris. Gris el cielo de marzo, gris el escenario y gris su cara en la que solo la luz de los ojos impacientes rompía la escena. Los pasos rápidos no admitían discusión, la gente se apartaba mientras exhibía la placa y cortaba preguntas con su mejor cara de perro mordedor. Traspasó el estrecho portal de madera casi oculto por la entrada del bar en el que anunciaban desayunos y menús en las pizarras. Saludó a Iñigo y al novato que estaba con él en la puerta con un movimiento de cabeza que casi le partió el cuello. Demasiados festivales llevaban esas vértebras como para quedarse sin protestar. La escalera parecía diseñada por un borracho: tres escalones aquí, dos allí, un tramo estrecho de siete seguidos en los que rezas por no encontrarte con nadie en la dirección contraria... ¿Habría sido en la escalera donde habían esperado a la víctima? No le hubiera extrañado. Aquel edificio era la Disneylandia de los escondites. Conforme ascendía de forma arrítmica pensaba en la enorme cantidad de rincones desde los que podrían asaltarla y desde los que no tendría margen para defenderse. Al fin llegó a la escena del crimen. Tuvo que ejecutar una danza ridícula con los de la forense para pasar. Aún recordaba los techos bajos y las paredes de un morado oscuro. El piso ahora tenía una decoración más femenina. Habían intentado hacer elegante el sitio a base de sobrecargarlo con chorradillas de diseño aumentando la sensación de agobio. La última vez que estuvo ahí lo que cubría las estanterías era una colección de latas de cerveza y unos cuantos muñequitos de Pokémon sacados de un Happy Meal. Ramírez la saludó con el cuello tronchado y el pelo engominado ensuciando el techo del diminuto salón.

—Está en el baño —dijo indicando con un pulgar el estrecho ¿pasillo?, ¿se merecía ese nombre?, que comunicaba el saloncito con el dormitorio en el que solo cabía una cama, dos mesillas encajonadas contra las paredes y un armario empotrado casi tan grande como la habitación.

Si no hubiera estado allí antes habría pasado por alto la puerta corredera que llevaba al baño. De ahí venía un olor inconfundible que por fortuna no olía desde sus comienzos en el cuerpo. El estómago le dio un retortijón. Resopló con fuerza como si con eso pudiera evitar que la peste invadiera sus fosas nasales y asomó la cabeza.

La pieza había sido construida aprovechando el hueco de la escalera del edificio haciendo que el techo, ya de por sí bajo, fuera abuhardillado aumentando la sensación de claustrofobia. Al lado izquierdo el lavamanos blanco y un espejo bajo el que descansaban cremas y perfumes que contrastaban por sus formas (y su precio) con el piso. El retrete estaba a su lado aprovechando la parte más baja del techo y un pequeño mueble/toallero cubría el resto de la pared más pequeña. Se centró en todo aquello antes de girarse hacia la ducha donde todo era rojo y carne. Un cuerpo bonito y perfectamente depilado se retorcía en el suelo hasta encajar en el poco espacio que quedaba. Parecía una pieza de tetris macabra. Habría sido el sueño de cualquier pajillero si no fuera por la cabeza. Era pura carnicería. La sien izquierda se resumía en astillas de hueso que sobresalían como dientes de un monstruo marino y los ojos… Los ojos no estaban. Dos piscinas sangrientas le devolvían la mirada. Los párpados destrozados parecían telas desechadas y parte del nervio blancuzco salía de ambos. Una arcada le estremeció la garganta. «¿No querías café?», pensó, «pues aquí lo tienes y reciclado». Se forzó a seguir mirando. Era su trabajo y lo último que necesitaba era ganarse fama de blandengue en el cuerpo, suficiente tenía con ser una mujer en ese ambiente como para encima darles pie a las bromitas. El charco de sangre ya había espesado y estaba seco en las partes menos profundas. Aquello dejaba casi todo el suelo de la estancia pegajoso y con olor a óxido. El pelo de la víctima castaño claro y con mechas rubias estaba pegado a aquella masa y, entre mechones, Gemma vio algo. Se cubrió la boca con la manga de la camiseta y se acuclilló para ver más de cerca. Una cuchara. El muy cabrón había usado una puta cuchara.

—Ramírez.

El corpachón del teniente le hizo sombra mientras ella señalaba el objeto metálico.

—No me jodas… ojalá estuviera muerta cuando lo hizo.

Estaba en su piso, de pie, el sempiterno maletín marrón oscuro en sus manos. El cuello algo torcido debido a la altura del techo del salón. El cabello castaño oscuro y lacio pulcramente peinado casi rozando la escayola del techo. Sus ojos marrones anodinos miraban a su alrededor con la misma calma que le había conocido en los últimos meses. Ya lo tenía donde quería. Boda, divorcio y a darse la vida que siempre ha querido. La vida que siempre ha merecido, se corrigió. A sus 37 años había perdido la esperanza de poder dar un braguetazo. Su última pareja (a falta de un nombre mejor) al final no había abandonado a su esposa y aunque ello le fue lucrativo en un principio, no era una inversión de futuro lo suficientemente rentable. Se acercó a él con esa sonrisa inocente que le había funcionado tan bien como hasta ahora y le ofreció un té. Con la excusa de ir hacia la cocina a prepararla rozó su cuerpo flaco y notó cómo su piel pálida se erizaba con el «casi» contacto. Dejando la taza humeante sobre la mesita lacada del centro del diminuto salón le miró a los ojos, puso sus manos sobre el chaleco gris de lana y alzó el rostro para besarle y él… se apartó. Solo los años de experiencia impidieron que soltara un juramento. En vez de eso con su voz más dulce dijo:

—¿Ocurre algo, querido?

Sus manos de uñas dolorosamente cortas y dedos finos abrieron el maletín con cierta torpeza atropellada.

«Bien», pensó Carmen, «por lo menos he conseguido excitarle».

Le sonrió de forma maternal, como venía haciendo desde que se conocían y esperó pacientemente con las manos entrelazadas por delante. Finalmente él sacó una bolsita de plástico y en ella había lo que parecía una pieza de metal ovalada, casi como un canto rodado de río. ¿Qué clase de juguetito sexual era ese? Parecía una pastilla de…

—Es jabón, de acero inoxidable, más efectivo y limpio que sus hermanos cremosos —dijo con su voz calma y algo engolada—. Es muy importante para mí que lo uses antes de… antes de nada.

Sus ojos se abrieron como platos imitando a un cervatillo acorralado a la perfección:

—Pero querido, me dijiste que no… Bueno, que no intimaríamos hasta que fuera tu esposa. ¿Has cambiado de opinión?

Una expresión entre alarma y asco cruzó la cara cuadrada.

—¡NO! —alzó la voz y, luego, como arrepintiéndose, repitió—: No, el orden es el que es y hay que seguirlo. Pero mi piel es muy sensible y si vas a ser mi esposa necesito antes de cualquier contacto, aunque sea el mínimo, que lo uses.

Ella sonrió aliviada. Si solo era una cuestión de manías higiénicas y no de un fetiche sexual no tenía problema. Además, él había dejado claro que el sexo estaba prohibido hasta el matrimonio… Benditos ricachones puritanos… Había conseguido un sueldo Nescafé y sin tener que bajarse las bragas siquiera.

—Como tú quieras, querido, sabes que no puedo negarte nada.

Tomó la pastilla de jabón y fue hacia la ducha con una sonrisa que el gato de Chesire habría envidiado.

Ella se había marchado dejándole ahí, en medio del salón. Su madre había tenido razón, era una buena candidata. Había obedecido sin rechistar. En cuanto vivieran juntos no iba a ser difícil enseñarle métodos de limpieza más exhaustivos pero, de momento, para contactos leves, con el jabón bastaba. Ya se limpiaría después de forma correcta cuando llegara a casa. Recordó cuando la conoció. Su madre ya tenía cierta edad y necesitaba una cuidadora ya que, como ella le recordó (entre otras razones), ese no era un trabajo de hombres, así que él no podía cuidarla. Carmen no había pasado la entrevista, las uñas demasiado cuidadas y el maquillaje no le había agradado a su madre… Para ese trabajo. Sin embargo, la invitó a tomar café y comer varias veces. ¡Eso sí!, con ella delante.

—Ya es hora y ya que por tu culpa eres el único descendiente de tu padre debes casarte. Estás en buena edad, ella es una buena candidata y algún día te dará hijos que, si Dios existe, serán el mismo necesario castigo que eres tú para mí.

Era la primera vez que estaban a solas. No debió haber subido, pero ella había insistido. Era tarde, de noche y fin de semana. Podría ser peligroso para una mujer sola. Debió haber seguido las instrucciones de su madre y haberla invitado a comer en la casa en vez de a cenar pero no había visto el fallo hasta que fue demasiado tarde y, ahora, aquí estaba, oyendo caer el agua de la ducha a apenas unos metros.

Un zumbido le sacó de sus pensamientos. El móvil de Carmen. Lo ignoró pero siguió zumbando de forma impertinente.

Con un suspiro de exasperación sacó sus guantes desechables del maletín y apoyó éste sobre la misma mesita en la que reposaba el té. Aún estaba adoctrinando a Carmen sobre cuestiones higiénicas, no iba a arriesgarse a tocar nada del lugar sin la previa revisión y le parecía maleducado empezar a hacerlo ahora. Tomó el teléfono de pantalla plana y vio que eran mensajes, WhatsApp, de lo que parecía un amigo, no le dio mayor importancia. Si era algo urgente volverían a contactar. Estaba apunto de dejarlo de nuevo en su sitio cuando algo le detuvo. Abrió los mensajes, los leyó uno por uno. Un nombre tras otro. Un hombre tras otro. A él no le tenía (no usaba esa app. Ni esa ni ninguna para ser sincero). La sangre le ardió y luego se convirtió en hielo. Posó el teléfono en el sitio exacto en el que ella lo había dejado, se quitó el abrigo y lo dejó sobre su maletín y, antes de ir hacia la ducha, cogió la cuchara del té que le había preparado. Conseguiría una mirada sincera de la única forma que él sabía que podía encontrarla.

Cuando te haces poli en una ciudad como Burgos es porque quieres estar lo más alejado de la acción posible. Algún robo, peleas los fines de semana cuando corría más alcohol de la cuenta y cosas así. Los casos que peor llevaba eran los de violencia doméstica, la habían apartado de ellos porque por poco le arrea un puñetazo al último imbécil arrogante que había dejado a su mujer hecha un cromo. Como le recordaron en el cuartel, aquello solo habría empeorado las cosas. Se sentía muy impotente, atada de pies y manos. ¿De qué servía la placa si al apresar a uno de esos cabrones salían por la puerta a las pocas horas de que les hubieran arrestado? Más visitas al hospital hasta que al final ves la esquela en el periódico… Qué pena la mujer… Qué trompazo se dio al «caer por las escaleras». ¿Verdad? Más que andar iba pateando el suelo. Había sido un infierno de día. La imagen de esa chica iba a perseguirla el resto de su vida. Los vecinos no fueron de mucha ayuda, no lo dijeron a viva voz pero pensaban de ella que era una puta y que debía haberlo visto venir.

—No sé… Por aquí pasan muchos hombres, ¿sabe? A lo mejor es cosa de celos, la chica… Bueno.. Digamos que era… Ya sabe que es de mala educación hablar de los muertos, señorita.

Nadie merece esto. ¿Eres una cabrona que juega con los sentimientos de la gente? Pues ojalá que acabes sola. ¿Te gusta el sexo? Pues me parece de puta madre. ¿A mí qué más me da? Pero la escena en ese baño… Y eso que, como confirmaron los forenses, la salvajada que le hicieron en la cara fue postmortem. Por lo demás, parecía hecho por un fantasma. Ni huellas,ni pelos, ni restos bajo las uñas. ¡Nada! La víctima había practicado sexo recientemente pero no había signos de agresión. Móvil sexual descartado. En la comisaría casi lo habían dado por zanjado. Estaban interrogando a todos los chicos de la agenda de Carmen Itugarde seguros de que había sido uno de ellos. Le parecía increíble que ese cuerpo hubiera tenido una vida, un nombre... Es como si el asesino le hubiera quitado su derecho a ser recordado como ser humano en vez de como cadáver. Buscó en su mochila negra de tela las llaves del portal. Necesitaba descansar, apartar la imagen de esa pobre mujer de su cabeza. Necesitaba Netflix, cerveza y pizza. Mientras mascullaba palabrotas al no encontrar las escurridizas llaves, oyó una voz familiar con un fuerte acento inglés:

—¿Otra vez se esconden, honey? ¡Esa mochila tuya es peor que el bolso de Mary Poppins!

Unos ojos azul pálido sonreían tras unas gafas de lentes oscuras y redondas mientras una mano regordeta cargada de anillos y pulseras repiqueteantes introducía su llave en la cerradura del portal.

Joyce le hizo una reverencia mientras sostenía la puerta y su perrillo Kiss entraba en el portal hecho todo saltos, pelos blancos y orejas bizcas.

Suspiró envidiando el ultra positivismo que irradiaba su figura regordeta. Era como una mamá osa sacada de un cuento... Un cuento con banda sonora de Led Zeppelin, barritas de incienso y algún que otro porro ocasional. Fue hacia el ascensor prácticamente arrastrando los pies y preguntándose si no podría prestarle un poco de esa energía que se notaba que le sobraba. ¿Por qué unos tanto y otros tan poco? Qué mal repartido estaba el mundo... Una nube de olor a flor de cerezo y ruibarbo se situó a su lado sacada de la bufanda con borlas que la mujer mayor se retiraba del cuello.

—Home sweet home! ¿Verdad, darling? ¡Miras como una pelusa de polvo apaleada! ¡Tú necesitas un poco de falafel de auntie Joyce!

Bueno, quizá si, quizá Joyce tenía razón. De todas formas no iba a dormir una mierda así que al menos podía disfrutar de una buena cena y algo de compañía subrealisticamente alegre.

Sentada con las piernas cruzadas sobre uno de los mullidos puffs de Joyce y rodeada de platos ya casi vacíos parecía que había sido capaz de desfruncir el ceño durante unos minutos. El hecho de que fuera en pijama también ayudaba (ventajas de vivir puerta con puerta). Las luces del mirador del castillo la saludaban desde la ventana. Burgos seguía siendo Burgos, hermosa, cargada de historia y tranquila… Hasta que de pronto te encuentras un cadáver sin ojos y desnudo en un piso del centro. Paseó la mirada por el salón: mandalas de colores, atrapasueños, piezas de artesanía en cerámica («Cuero no, honey, si no como animales, tampoco los despellejo»), piedras de colores, velas perfumadas… Todo daba una sensación acogedora y viva. Es curioso lo diferente que podía ser un cuarto sobrecargado dependiendo de con qué y cómo se sobrecargase. ¿Verdad? Pese a que apenas se distinguían las paredes entre los cachivaches y los recuerdos no tenía esa sensación claustrofóbica, no como en...

Sacudió la cabeza, Joyce estaba contándole su última aventura experimental en el gimnasio (había pasado por yoga, aquagym, zumba, cardio merengue… no había disciplina que se le resistiera). Perdió el hilo de la conversación durante unos segundos y su vecina la miraba tras el flequillo desigual dc su pclo canoso.

—Algo huele a distraído por aquí. Cuentos de una vieja y la tripa llena hacen que cualquiera quiera dormir, ¿eh? Ja, ja, ja.

Gemma asintió y fingió un bostezo aferrándose a la excusa que ella le brindaba para levantarse e irse a la cama. Ayudó a Joyce a recoger la mesa, acarició al pequeño y revoltoso Kiss.

—La próxima en mi casa, palabra —dijo dándose cuenta de lo realmente cansada que estaba.

—Iré pidiendo las pizzas, honey.

Le sacó la lengua mientras Joyce se reía de su vagueza culinaria. Antes de que cerrara la puerta le dijo:

—Joyce, como Burgos es como un pueblo grande seguro que ya sabes lo que ha pasado.

—Sí, esa pobre chica…

—Sé que eres un espíritu libre y todo eso pero… Ten cuidado cuando vayas a pasear a Kiss, ¿vale? La isla es un parque precioso pero ahora oscurece muy pronto y…

Ella le cortó con un gesto de la mano seguido del movimiento de las mangas vaporosas de su camisa.

—Don´t worry hun. Voy siempre a la misma hora y siempre me encuentro con el mismo amigo. Cada día, misma hora, mismo sitio. ¡Como un reloj! El pobre perdió a su perro pero sigue yendo ahí. ¿No es tierno? Y Kiss le arrancaría el cuello a cualquiera que me hiciera daño.

—Sí, pero… —volvió a cortarla con otro gesto y continuó.

—Let me finish! Un día llegué tarde al paseo, no mucho, solo unos 20 minutos. ¡Y mi amigo me llamó para ver si me ocurría algo! ¡Don´t worry Gemma, si llego tarde a algún sitio siempre hay dos o tres personas llamando preocupadas! Además, tengo a mi fiero guardián. ¿Verdad, Kiss?

La dio un beso en el pelo de forma maternal (aunque tuviera que ponerse de puntillas para ello) dejando tras de sí una nube de flor de cerezo, ruibarbo y salsa tzatziki y cerró la puerta. Se quedó algo más tranquila, no porque Kiss la acompañara (si la protección de su vecina dependía de el perrillo ya podía darse por jodida), sino porque en cierto modo tenía razón. Puede que Joyce viviera sola y en un país extraño pero era tan sociable, amable y culo inquieto que se había rodeado de gente que la echaría de menos en cuanto faltara a alguna de sus múltiples talleres, clases o reuniones. Además iban a pillar a ese cabronazo (o a esa, incluso si la cosa iba de celos también había podido ser una novia despechada de alguno de esos chicos que poblaban la agenda). Iba a hacerlo aunque solo fuera para que gente como Joyce pudiera pasear al perro a las dos de la mañana, en bolas y presumiendo de llevar diez billetes de quinientos.

La tenía consigo, para siempre y, esta vez, no sería de forma falsa. No estaba celoso. No estaba herido por un amor no correspondido. Era la falta de respeto. Habría podido pasar porque ella tuviera un amante, podrían incluso haberlo negociado. Así él no tendría que tocarla ni satisfacerla y lo único que tendrían que hacer era extremar las precauciones con la limpieza. Pero no, ella se había reído. Los mensajes, la forma en la que le insultaba... No decía su nombre, pero era él, sin lugar a dudas. Sabía a quién se refería lo mismo que supo en su momento a quién iban dirigidos los susurros burlones en los pasillos del colegio cuando era niño. No era paranoia, era visión. No importa, su madre ya estaba acostumbrada a las decepciones, una más no resultaría una carga excesiva. Caminando entre los árboles del paseo de la Isla tomó aire y lo expulsó lentamente. Algo en él se sentía liberado, como si hubiera soltado un lastre que llevara tiempo cargando. Hacía algo de viento y se podía oler la humedad en el ambiente. Bordeó los caminos de tierra de forma escrupulosa evitando a ser posible cualquier roce en sus mocasines brillantes. Dejó atrás la caseta cúbica que en ocasiones hacía como pequeña biblioteca y otras como diana para grafiteros. También el cono cubierto de vegetación y tierra que marcaba el inicio del parque. Por la pista cementada del lado derecho y flanqueado por árboles y un carril bici de un granate agrietado siguió avanzando. Mismo número de pasos, misma ruta, prácticamente la misma gente. A primera hora de la mañana deportistas, adolescentes de camino al instituto, gente paseando a sus mascotas... Él también lo había hecho tiempo atrás. Cuando Tizón estaba vivo, antes de que su padre descubriera que el elegante galgo negro ya no le era útil y tuviera (esa fue la palabra que usó, tuviera) que sacrificarlo. Se negó a hacer una escena en público, lo mismo que se negaba a hacerlas en privado. Pero el dolor seguía allí, lo mismo que Tizón seguiría con él pese a no poder pasear a su lado nunca más.

Miró su reloj. Ya estaba cerca de su destino. Una estructura de colores rojos, verdes y azules imitaba la silueta de la catedral de Burgos en lo que a él le parecía una broma de mal gusto pero que a los niños parecía encantarle. No se detenía allí porque le gustaran los niños, ese pensamiento le resultaba deleznable, sino porque llevaba haciendo el mismo recorrido desde antes de que esos columpios sustituyeran a los anteriores más discretos. Y así continuaría. Porque era el orden marcado que debía seguir. Bajo sus suelas crujió algo de gravilla y se maldijo por su distracción. ¿Sería por la nueva compañía alojada en su casa? Alejó su mente de esa escena, ya la visitaría con detenimiento y disfrutaría de ella como se merece. Cerca de la imitación pueril del templo se elevaban unas réplicas de las espadas del Cid cruzadas de un gris muy semejante al cielo sobre los árboles. En lo que equivalía a la hoja de las armas estaban escritos los nombres con pintura negra por si alguien carente de cultura no sabía a qué emblema de la ciudad hacían referencia. Muy cerca, aposentado en el dolorosamente polvoriento suelo de tierra estaba una imitación del cofre del Cid y, sobre él, le esperaba otra de las partes de su agenda, agitando la mano cubierta por mitones rosa fucsia y con el pelo revuelto por el aire y el corte desigual.

—Morning my dear! ¿Qué tal hemos dormido hoy?

Sonrió. Agradecía mucho la puntualidad inglesa.

El meter a todos los amantes de la chica en el mismo edificio al mismo tiempo había sido una idea genial. Cojonuda. Fantástica…

—¡Si vuelvo a tener que separaros, acabaréis durmiendo en el calabozo! ¿He sido suficientemente clara?

Ramírez le dio un empujón al que tenía más cerca para llevarle a la sala de interrogatorio y sacó al gallito hipermusculado de su vista. Ninguno de ellos se distinguía por su labia ni por el uso de las neuronas, y ya era la cuarta vez que por poco terminan a hostias. Si oía un solo chiste más sobre que preferían que les esposara «la rubia esa» iba a perder la placa… Pero se iba a quedar de a gusto…

Entre la falta de sueño, las pesadillas y la presión del caso estaba hasta las narices. Más que ojeras parecía que le habían dado dos puñetazos y solo llevaba en el estómago café, café y… El sucedáneo de café que escupía la máquina de la comisaría. Se iba a pasar por la panadería a por una palmera de chocolate rellena, se la había ganado, joder. Volvió a repasar la lista de amantes. Todos tenían coartada para ese día y esa hora. En esta especie de mujeres, hombres y viceversa de barrio el que se queda en casa un sábado por la noche es porque está follando. Pasó la mirada por la hoja pero esta vez no se quedó con los nombres y números resaltados en fosforito. Agarró los descartados y empezó a marcarlos uno por uno. Puede que así descubriera algo y si no, por lo menos se distraería y no estamparía una silla en la cabeza a esos idiotas. Los primeros números no dieron para mucho: telepizza, salón de belleza, gimnasio… La chica no trabajaba pero parecía estar siempre ocupada.

Lo que la llevaba a otra pregunta: ¿de qué vivía? Los vecinos insinuaban que era prostituta por la cantidad de hombres que llevaba a casa. Era la explicación más simple. Pero hay que tener mucha energía para pasarte la noche «trabajando» y luego quedar con todos esos chavales para seguir con la fiesta. No tenía familia cercana. Una hermana con la que no se hablaba desde hacía once años y padres viviendo en Pamplona que ni fingieron interés cuando se enteraron. Ni herencias, ni quinielas… ¿Entonces qué? Revisando los movimientos de la cuenta bancaria no vio ningún gran ingreso. Por lo visto, le daba en mano al casero el alquiler, todo estaba a su nombre y pagaba las facturas ingresando poco más que el dinero necesario en la cuenta antes de que pasaran el cargo. No cobraba el paro, ni tenía ninguna ayuda… ¿Un amante? ¿Un amante rico? ¿Un amante rico, celoso y cabreado? Fue un poco más atrás en el tiempo en la lista de teléfonos. Tachó los números ya descartados y los de los amantes ya investigados y… ¡Bingo! Aquí había algo. Un número al que la víctima hizo numerosas llamadas unos meses atrás pero que no aparecía de nuevo. Calculó el tiempo entre la última llamada y el asesinato. Dos meses y trece días. No era demasiado tiempo, suficiente para planear algo pero no para que se enfríe el enfado. Introdujo el número en la base de datos. ¡Sí! ¡Genial! Casi saltó de la silla como un muñeco de feria. Amante rico… No sabía si celoso, pero sí casado. ¡Joder, sí se merecía esa raqueta de chocolate relleno!

Agradecía la puntualidad inglesa. Era complicado mantener ningún tipo de relación si el resto de personas no eran capaces de cumplir con su parte.

La mujer de pelo canoso y revuelto en picos desiguales encajaría con lo que se puede llamar el prototipo de «maternal», sin embargo no había nada en ella que la recordara a su madre. Donde su progenitora había sido rígida y fría hasta quemar ella era cálida y acogedora. Como un lugar caldeado tras estar expuesto a la tormenta.

Se limpió los zapatos de forma meticulosa antes de entrar en el hall de su casa. Buscó las llaves en su maletín, abrió la puerta y entró. La casa era espaciosa y habría resultado lujosa hace unos 50 años. Actualmente seguía conservando algo de ese empaque polvoriento que las familias de fortuna heredada venidas a menos conservan a base de decirse a ellas mismas que no son «como esa gente».

Las paredes paneladas de madera hasta media altura relucían enceradas. Sin huellas, sin polvo, sin rastro alguno de suciedad. Un olor penetrante a desinfectante y lejía cubría cada rincón. Colgó el abrigo color gris oscuro del perchero de forja situado al lado derecho de la puerta. Dejó el maletín apoyado en el banquito color vino almohadillado situado a la izquierda de la entrada y sacó de debajo del mismo dos toallas parecidas a las que se colocan en el baño para evitar resbalones cuando sales de la ducha. Su color lavanda claro resaltaba como una tea encendida en medio de los muebles de corte clásico llenos de volutas y apliques dorados. Dio un paso sobre uno y procedió a quitarse los mocasines marrones, tan brillantes que la luz resbalaba por ellos como si más que cuero fueran charol. Los inspeccionó, los metió en una bolsa de plástico translúcido blanco y los depositó debajo del banquito, entre sus patas retorcidas de madera oscura. Seguidamente se quitó los calcetines con un gesto de asco. Podía notar la humedad poblando el algodón gris. Su propio cuerpo y sus reacciones le repugnaban. Por más que se esforzara, no conseguía llegar a su objetivo ya que su propia humanidad le traicionaba. Los depositó sobre la toalla en la que ahora reposaban sus pies desnudos como quien deja en el suelo una rata muerta y prosiguió con su ritual. Del maletín sacó un bote de gel limpiador antiséptico y dos pañuelos desechables. Frotó con el gel cada rincón del pie. Entre los dedos, las plantas, tobillo, bajo las uñas tan cortas que se encarnaban… Cuando quedó satisfecho con el primer pie lo apoyó en la otra toalla agradeciendo la bienvenida del tejido impoluto y repitió la operación con el otro hasta conseguir su aprobación. Ahora sí. Ahora ya podía usar las zapatillas afelpadas de andar por casa. Cálidas y suaves como la voz de Joyce, como los ojos de Carmen... Un escalofrío de excitación le recorrió de arriba a bajo. Había sido un día largo, se lo merecía. Recogería todo el desorden que había generado su inmundicia al descalzarse e iría a la planta de arriba. Una vez purificado adecuadamente, se dejaría ver y les vería despojados de toda rabia, miedo y decepción.

El hombre ante ella estaba acojonado. Esa era la palabra. Al recibirla de primeras en su oficina había sido todo arrogancia y palabras cortantes. Ni siquiera le ofreció sentarse e intentó despedirla con un gesto vago de la mano sin apenas levantar la vista de la pantalla de su ordenador. Pero había sido pronunciar el nombre Carmen Itugarde y mearse encima. Sinceramente le parecía un cabronazo dé cuidado. La clase de cabronazo que te hace la vida imposible a golpe de talonario, pero ¿sacar los ojos con una cuchara a una persona? No lo parece (aunque con esto prefería ir con pies de plomo, al fin y al cabo las apariencias engañan). Había estado pagando a la víctima un sueldo de 1500 euros al mes por abrir las piernas. No habían hablado de que ese sueldo subiera. No desde que ella se cansó del juego y le chantajeó con irle con el cuento a su mujer. Desde entonces los 1500 euros habían subido a 2000, esta vez por cerrar la boca. Miré la foto que exhibía en la mesa de cristal del despacho (una cueva de diseño tan fría como inútil pero que hacía bien su papel de: mira el dinero que tengo, sí, ese que tú no tienes y, por cierto, es tanto que ya ni curro, este sitio solo es una excusa para poder decirle a mi mujer que llego tarde porque estoy en una reunión). Desde el marco de cristal sonreía la familia perfecta: mamá, papá, niño, niña y perrito pura raza en un jardín… Podrían vender urbanizaciones enteras solo con esa imagen. La única pieza con aspecto confortable era el sillón, aunque por cómo movía el culo en el mismo parecía tener alambre de espino en vez del relleno tradicional.

—Resumiendo, señor Arnaiz —dijo la voz de Gemma, quien claramente estaba disfrutando con aquello—, usted se acuesta con la víctima, le paga el sueldo Nescafé, luego deja de acostarse con ella y lo asciende al sueldazo de la Once. Con el poder, contactos y dinero que usted tiene (el mismo que me han recordado en la puerta su guardia de seguridad, su secretaria y usted mismo), me quiere hacer creer que es casualidad que Carmen Itugarde —pausa dramática, escalofrío por parte del interrogado— aparezca muerta y que usted no tiene naaaada que ver, ¿no es cierto?

Otro meneo de culo inquieto desde el asiento. Aclarado de garganta y voz temblona:

—Ya se lo he dicho, habíamos llegado a un acuerdo: ella no volvía a mi vida y yo no volvía a la suya. Ambos estábamos bien así.

—Pero, señor Arnaiz, con la subida del euribor, la factura de la luz, el que hay que ahorrar para las pensiones, etc. es muy probable que la señorita Itugarde pidiera un aumento. Al fin y al cabo, ese tipo de secretos son tremendamente lucrativos (a los he- chos me remito). Estaba disfrutando, quizá demasiado, iba sien- do hora de que se cortara un poco. Al fin y al cabo, sus abogados podían ir a tocarle las narices si se pasaba de la raya.

—No tiene pruebas de ello. Si las tuviera no estaríamos aquí sino en comisaría —dijo Arnaiz recuperando parte de su aplomo como solo un experto vendehumos es capaz.

—No tenemos… De momento. Pero el hecho de que no haya llamado aún a sus abogados hace de esta conversación algo amistoso, ¿verdad? No quiere que esto salte. Usted, un señor respetable, casado, con hijos, el rostro de una empresa internacional…

—Tengo coartada —dijo con un hilillo de voz, pasándose las manos por la cara.

—¿Y bien? —Gemma ocupó una de las sillas de acero y plástico transparente del otro lado de la mesa, cruzó las piernas y apoyó sobre ellas el cuadernillo haciendo sonar con un rotundo click el botón del boli—. Soy todo oídos.

—Estaba… Le dije a mi mujer que estaba en una reunión —hizo un pausa, puede que para coger fuerzas o para que Gemma sacara sus propias conclusiones y no se lo hiciera decir en voz alta, pero ese era un regalo que la policía no iba a darle—. Estaba con mi amante.

—¡Caray! No pierde usted el tiempo. Bien, quiero nombre, lugar del encuentro, tiempo aproximado del mismo y datos de contacto de dicha mujer. Si ella corrobora lo que me ha dicho, señor Arnáiz, le dejaré en paz y puede que su colchón verde pueda hacerle sobrevolar esto sin salir muy chamuscado.

Tras anotar los datos que le iba proporcionando el empresario Gemma se levantó, estaba a punto de irse con un escueto «Buenos días» cuando el hombre la detuvo.

—El rasgo de la discreción es algo muy apreciado. Ayuda en muchos ámbitos de la vida y…

La policía levantó la mano y le calló con el gesto seco, dijo:

—Antes de que se le ocurra insultarme y meterse en más líos le aconsejo que se guarde la chequera. No estoy interesada, soy de esa clase de gilipollas que prefiere rebajarse a trabajar para conseguir un sueldo de mierda. Llámelo masoquismo laboral. Que tenga un buen día, señor Arnáiz.

Probablemente le esperaba una bronca al llegar a la comisaría. Puede que incluso le dieran una reprimenda delante de todos los compañeros e incluso la arrinconaran una temporada en los archivos para que aprendiera a estar calladita… Pero bajarle los humos a alguien que la había tratado como basura, eso no tiene precio. Ahora mismo iba a comprarse esa palmera de chocolate… Para consolarse de paso por haber llegado a otro callejón sin salida.

La de ayer fue una gran noche. Encontró sin problemas los viejos utensilios de su padre. En una casa en la que reinaba el orden (como debería ser en cualquiera) no le fue una tarea muy difícil. Devoró uno tras otro los libros de texto que atiborraban como soldados en formación los estantes del despacho de su progenitor. Una habitación prohibida hasta ahora, pero una vez traspasada una frontera, ¿las otras existen? Sobre el escritorio de madera pulida las lámparas vertían charcos de luz. Focos que enmarcaban su objetivo. Estaba ignorando sus propias reglas, su horario… Se quitaba horas de sueño y esa sería su penitencia. Pero merecía la pena. No volvería a hacer una chapuza. Había estado muy cerca de dañarlos y eso era inadmisible. Puestos a hacer algo, hazlo bien.

Aún recordaba con manos temblorosas de niño en la mañana de reyes cómo metió aquellos ojos cubiertos de sangre en uno de sus guantes desechables. El cuerpo, desnudo y vulgar sin ellos, estaba inmóvil en el suelo. Debía irse. Pese a los guantes, tenía la camisa y el chaleco empapados de ella. Había sido tan fácil… No lo planeó y por muy excitante que ello pudiera suponer, no podía volver a ocurrir. Debía organizarse, dejar cada pequeño detalle afinado. Cada cabo, atado. Cada aspereza, pulida. Las ropas de aquel día no eran sino cenizas en la chimenea del mismo estudio en el que se encontraba. Tendría que limpiar el hollín a fondo más adelante, pero lo primero era lo primero. Alineados sobre un paño de un blanco nuclear se encontraban sus nuevos compañeros, útiles indispensables que añadir a su colección diaria.

Bisturís, tijeras, pinzas y para evitar daños a su preciada carga, dos frascos de cierre hermético y un bote de líquido conservante. Había comprobado en su última caza impulsiva que llevarlos en el mismo bote no podía ser bueno. Quería tener la máxima perfección y la conseguiría. Lo lograría:

—¿Verdad, madre?

Apoyados a ambos lados del pie de la lámpara de tulipa verde y cuerpo dorado descansaban dos recipientes esféricos sujetados por bases metálicas doradas. Aumentados por efecto del líquido de sus jaulas dos ojos le devolvían la mirada. Habían sido negros en vida. Oscuros pozos de rencor, pero ahora… Ahora eran calma, pura, tangible y silenciosa. La paz que nunca tuvieron bajo aquel perpetuo ceño fruncido ahora la disfrutaban con plenitud. ¿Tanto le habría costado mirarle así en vida? ¿Tan difícil había sido? Conocía su pecado, un pecado del que no había sido consciente, uno que se gestó en el vientre de su madre y que le dio nombre antes de nacer, Caín.

No podía dormir, seguía dándole vueltas. Solo había otro teléfono más que podría haberle llevado a una buena pista pero era el de una ETT y esta no abría hasta la mañana siguiente. Jueves por la noche. Por debajo de su casa pasaban del castillo a las Llanas (una de las zonas de fiesta típicas de la ciudad) estudiantes con alcohol, refrescos y hielo en bolsas a la ida y, a juzgar por las voces, en el cuerpo a la vuelta. Marzo sería el mes de la primavera pero en Burgos era invierno y punto. Lo único que agradecía es que los días eran más largos pero el sol seguía sin calentar. Además habían anunciado nieve para la próxima semana y ella la amo—diaba. Hecha una bola sobre el sofá de estampado de cuéntame que venía con el piso y con un pijama compuesto por una camiseta vieja de Helloween de alguno de sus ex y unos pantalones cortos negros no sabía qué hacer. Bueno, para ser más exactos, sabía qué hacer, pero tenía que esperar a que la puñetera ETT abriera al día siguiente. Si por ella fuera, habría sacado de la cama a quien fuera necesario pero no podía jugársela, ya recibió una buena bronca al llegar a comisaría tras interrogar al capullo de Arnaiz y la tenían sobre aviso. Una más y le darían una patada en el culo. Lo que más le fastidiaba era el tonito paternal con el que la habían amonestado. ¡Prefería un grito, cojones! Tal y como lo dijeron sonaba a: “Sé una niña buena o el resto de niños no querrán jugar contigo”. Frustrada, agotada y hasta las narices del mundo en general se puso a mirar el móvil. A eso estaba reducida, a revisar Facebook a ver si eso la aburría lo suficiente como para dormir. Un ruidito la sacó del letargo. Un WhastApp de Lorenzo “Iron” Martí.

—¿Qué haces conectada a estas horas? Y, sobre todo, ¿por qué no estás aquí?

Sabía de sobra donde estaba ese «aquí».Le pillaba a menos de diez minutos andando... ¿Por qué no? Al fin y al cabo no iba a pegar ojo.

—Ve preparando calderilla. Espero que hayas llevado otro par de gayumbos porque voy a hacer que te mees encima.

Se levantó para cambiarse con una energía nueva que ni sabía (ni quería saber) de dónde venía. Esperaba que fuera de la palmera de chocolate, así tendría excusa para comerse otra cuando estuviera hecha un guiñapo. Cambiado el pijama por una camiseta de Los Suaves, un collar de pinchos y unos vaqueros negros se calzó las botas de suela gruesa con las que había pateado un festival tras otro (y un culo tras otro cuando las manos de algún imbécil tocaban lo que no debían). Cazadora de «cuero» (100% de los chinos, imitación cojonuda sin tener que llevar cadáveres encima) y pañuelo de calaveras. Sin maquillar que le daba una pereza suprema y total, iba a ir a su segunda casa. ¿Qué más daba? Cogió las llaves del garfio que colgaba a la derecha de la puerta y se largó sonriendo. Puestos a no dormir, hagámoslo como es debido, joder.

Colocó con cuidado los expositores en la habitación. Allí estaba, limpio hasta casi sangrar e insomne. Allí estaban. Su madre, su pequeño Tizón y los que le siguieron, siempre con el mismo nombre, siempre con el mismo color de pelo. Desechó la idea tiempo atrás de tener otro perro. Manchaban pese a la compañía y no se atenían a horarios. Al final terminaba, decepcionado, sacrificándolos. Eso sí, siempre se llevaba una pequeña parte de ellos. Ninguno se había ganado el puesto que tenía Tizón, el primero. Tan obediente, tan buen compañero… Recordó la visita al taxidermista, amigo de su padre, cuando él contaba con apenas once años. Aficionado a la caza como era su progenitor no escatimaba gastos a la hora de conservar sus mejores trofeos y solo los llevaba a un sitio de confianza, negándose a que cualquiera pudiera poner las manos en ellos. Su padre. Una sombra siempre lejana, ausente. Del estudio al trabajo y de ahí a la caza. Las cenas en familia eran silenciosas, solo rotas por el murmullo de su madre al bendecir la mesa o culparle de faltas que no sabía muy bien si cometía en realidad o no. En aquella ausencia de ruido cada respiración, cada roce de los cubiertos con el plato, cada mordisco, reverberaba en la estancia como si de una caverna se tratara. Por eso le sorprendió la piedad de su padre al llevarle a conocer a don Agustín Riverseca. La noche anterior su madre le había sorprendido jugando con Tizón en jardín embarrado y eso derivó en el castigo. Su madre había recalcado el porqué. No era cuestión de la suciedad (que era ya de por sí un agravante de su falta), sino que nadie le había dado permiso para que jugara. Él no tenía derecho a jugar. No cuando su hermano no podía. No cuando había hecho «aquello», que era como su madre llamaba a su crimen para no tener que mencionarlo de otro modo. Hecho más lágrimas que persona y encerrado en el cuartucho de debajo de la escalera con una Biblia en la mano le encontró. De primeras la luz le deslumbró. La silueta de su padre hecha sombra le asustó cuando le hizo salir del hueco. Tenía la piel tan raspada por los cepillos y el jabón que varias manchas de sangre señalaban en la tela de su pijama los puntos donde la suciedad (y su madre) se había ensañado con él. Fue ahí, diminuto y tembloroso, donde recibió lo que hasta ese momento nunca había tenido: compasión. Su padre le miró con una pena profunda en los ojos. No era un hombre de palabras, ni de gestos. Por lo menos, no para él. No en esta casa. Por ello el abrazo le sorprendió de forma tal que no supo cómo reaccionar a él quedándose rígido, inmóvil. Después le llevó a su despacho, retiró el pijama y curó sus heridas con mano experta. Cuando estuvo limpio y enfundado en un nuevo pijama, le llevó a la cama y cerró la puerta tras de sí. Todo parecía en calma hasta que se oyó la voz ronca de su padre proveniente de la habitación adosada a la suya:

—Si le tocas otra vez, te cuelgo junto al resto de trofeos.

Aquella simple frase parecía el fin de una era oscura. Aún así rehuía la mirada de su madre, ahora cargada de más odio, y evitaba a toda costa quedarse a solas con ella. Pasó más tiempo en el monte siguiendo rastros, disparando, comiendo sentado en rocas musgosas y sonriendo sin motivo. Por su trece cumpleaños recibió un arma especial. La suya propia. Aquella mañana fueron a cazar. Su padre había comprado un precinto para él. Iba a ser su primer corzo. Cuando la pieza cayó con un seco golpe al suelo su padre le miró con un orgullo tal que creyó que el pecho le iba a estallar. Eso le ganó varios premios más: unos huevos revueltos con jamón y pan de hogaza en la hoguera en medio del monte y una visita a Agustín Riverseca, un hombre del que aprendió tanto, tanto… Tanto como para ser capaz de llegar hasta aquí, hasta ahora.

—¿Verdad, Carmen, querida?

—¡SÍÍÍ! ¡Jódete y paga la ronda, capullo! —gritó Gemma mientras la gente que rodeaba el futbolín reía e Iron hacía un gesto dramático de derrota.

Se acodó en la barra y apoyó la espalda en la diana mientras el cuerpo desgarbado y larguirucho de Lorenzo rodeaba el futbolín y sacaba del bolsillo trasero de sus vaqueros destrozados la cartera.

—No te pongas tan chulita —gritó para hacerse oír sobre el *Thunderstruck* de los AC/DC—, que vamos 2 a 3. Mi derrota todavía no entrará en los libros de historia... No como la tuya al Zombicide.

Sus ojos marrones brillaban divertidos tras mechones rizados que caían sobre ellos una y otra vez. La boca torcida en una sonrisa cuyo extremo derecho se le clavaba más alto que el izquierdo en la mejilla sin afeitar. Casi veinte años de amistad y tenía el mismo gesto. Gemma se preguntaba si ella tenía alguno que también arrastrara desde primaria.

—Primero —respondió alzando un dedo y la cabeza para alcanzar el casi metro ochenta de su amigo desde su metro sesenta y dos—, dijiste que era un juego colaborativo y me reventaste con un cocktel molotov. Segundo, me diste unos consejos de mierda y tercero, los dados me odian.

—¡No te oigo! —dijo Lorenzo mientras hacía trompetilla con la mano en la oreja derecha—, solo puedo oír a una niña llorica dando excusitas.

—¿De verdad? Pues yo solo oigo a un capullo que me va a pagar una jarra de calimocho.

Saludaron el camarero, bromearon un poco y comentaron qué tal les iba desde la última vez que estuvieron allí. Esto le estaba viniendo bien. Lorenzo sabía lo del caso (¿Y quién no, joder? Esto es Burgos, en una ciudad de este tamaño todos conocían a todos, era como lanzar una cerilla encendida a un cajón de fuegos artificiales), pero no había dicho nada al respecto. La conocía demasiado bien como para hacerlo. Bastaba con verle la cara para saber que aquella noche iba a ser futbolín, cagarse en sus muertos, calimocho y música. La conversación fue de películas a cómics y de ahí a cualquier cosa que no fuera la pobre mujer que descansaba en la morgue con una etiqueta colgando del dedo gordo de uno de sus pies. Cuando Lorenzo mencionó que ya tenía reservado para ella el siguiente tomo de Crossed, Gemma torció el gesto. De pronto, el olor de aquel baño a óxido y muerte le apuñaló las fosas nasales.

—Ahora no es lo que más ganas tengo de leer...

—Mierda, lo siento —se disculpó el otro—. Ya me imagino que no es el mejor momento para un baño de sangre de Garth Ennis. Mira, vamos a comer algo. Te invito a unas patatas colesterolosas, el kebab está abierto fijo.

Ella asintió y le siguió escurriéndose entre los cuerpos apelotonados hasta el pasillo de salida. Le hizo un gesto a la gente tras la barra gritando para que se la oyera sobre la música:

—¡Estrellas rosas caen del cielo!

Una broma tan vieja que ni recordaba de dónde demonios salía. Tantos años viniendo al mismo bar, incluso cuando cambió de nombre y sitio, que si se iba sin despedirse sería como zurrar a su abuela con un lindo gatito. El bofetón del aire frío de la noche burgalesa la espabiló y se dio cuenta del hambre que tenía. Lorenzo la miraba mientras se ponía la cazadora, escudriñando su cara para ver si estaba bien de verdad.

—¿Qué, me cuelga un moco y te lo quieres comer? —dijo Gemma con su tono brusco habitual ante el que él sonrió aliviado.

—¡Nah! Tan solo estaba repasando qué tenemos en stock en la tienda para ver por qué moñada azucarada te cambio ese pedazo cómic para evitar que miss cagalera tenga insomnio.

—Qué te jodan —respondió la rubia sonriendo.

—Eso llevo intentando toda mi vida pero salvo algún jefe esporádico nada de nada.

Gemma le dio un puñetazo suave en el estómago y Lorenzo se dobló por la mitad de forma teatral. Entre empujones, chorradas y risas pidieron las patatas y se las comieron de camino a su casa despidiéndose en su portal. En dos horas sonaría el despertador y se cagaría en todo, pero había merecido la pena.

A las nueve en punto, como siempre, salió de su casa. Esta vez el maletín más pesado. Sonrió al notar la diferencia. Era lunes por la mañana, la ciudad había despertado hace unas horas y la gente se esparcía por sus calles yendo a trabajos, guarderías e institutos. La ropa aún conservaba el calor de la plancha y acariciaba la piel enrojecida como un abrazo. Abrazo… El primer y el último terminaba con la misma persona. Evitó distracciones, si seguía así no llegaría a su hora y eso era inadmisible. Las agujas de la catedral parecían hacerle de faro. Garras de piedra acariciando el cielo. Había llovido la noche anterior y para mañana daban nieve. Casi podía masticar el frío en el aire. Sus mocasines evitaban los charcos diseminados entre las claras baldosas de la calle Nuño Rasura en la que se encontraba su objetivo. Un bar más conocido por los turistas que por los lugareños pero que para él guardaba un significado especial. Allí, justo allí, había comido su primer cordero, bebido su primera copa de vino y conocido a Agustín Riverseca y, por qué no decirlo, también a su progenitor, quien hasta ese momento había sido más un elemento decorativo de su vida que otra cosa. Recordó lo bonito que le había parecido, el hambre que le entró al oler la comida y la impaciencia nerviosa por agradar a ese nuevo personaje que aparecía en escena. Su padre le comentó que ese era uno de los lugares en los que pasaba sus días libres. Con aquel viejo amigo compartían una botella de vino, comían algo de cordero y hablaban sobre caza, política y sus profesiones. Allí, con su tierna edad y los pies apenas rozando el suelo, sentado en una de las sillas de madera oscura y tela de rayas color crema y vino, se había sentido más en casa que en ningún otro sitio.

Sus pasos le llevaban solos, como si tuviera el camino ya marcado. Allí estaba, por fin, ante la fachada cuya planta baja de piedra daba paso a las siguientes de ladrillo. Un menú en la puerta y su mesa junto a la ventana le esperaban. Casi podía oír la voz de su madre susurrando que este era un placer que no se merecía, pero ella no lo entendía. No hacía aquello por placer, lo hacía como homenaje a la persona que le dio su primer y último abrazo... Y porque si iba a hacer las cosas bien necesitaría algo de ayuda profesional. Una voz conocida, aunque algo más ronca por los efectos del tabaco y la edad de lo que recordaba, le saludó:

—¡Qué alegría verte! El pequeño Caín Reyes... No sabes la ilusión que me hizo tu llamada, muchacho.

El anciano de pelo escaso y blanco le esperaba sentado en una mesa que, para su frustración, no era la que había seleccionado. Dudó si pedirle que se moviera pero al ver el bastón apoyado al borde de la mesa desistió. Podía aceptar otro ángulo de la estancia, al fin y al cabo era por una buena causa.

Estrechó la mano huesuda y cubierta de venas del taxidermista con la suya, poniendo cuidado en hacerlo antes de retirar el guante de cuero que la cubría. Sabía que por el tipo de productos con el que trabajaba el señor Riverseca sus manos debían estar desinfectadas, pero aquel hombre tenía aspecto de no haber trabajado en un tiempo y, como le pasó a su madre, la edad hace que, ya sea por olvido o por torpeza, se abandonen buenas costumbres.

Apoyó el maletín en la silla a su izquierda, se despojó del abrigo gris y de la bufanda dejando ambos doblados de forma pulcra sobre el respaldo y se sentó. Odiaba comer en lugares públicos. ¿Por cuántas bocas habrán pasado aquellos vasos y cubiertos? La sola idea le espeluznaba. Se sentó de forma rígida al borde del asiento para evitar todo lo posible el contacto con este y dejó al buen hombre divagar de un tema al otro antes de entrar en materia. Pidieron café y unas tostadas de pan con tomate y jamón serrano e hizo el sacrificio de beber y comer. Necesitaba que el anciano se relajase para poder conseguir lo que quería.

Hablaron de esto y de aquello. De su padre, de la ciudad y, al fin, de su antigua profesión. Agustín le informó: aunque conservaba el taller por motivos sentimentales, ya no trabajaba. La artritis había empezado a hacer estragos en sus manos y su pulso ya no le permitía terminar las piezas con la maestría de antaño.

—Aún recuerdo la primera vez que pusiste un pie allí. ¡Parecías devorarlo todo con los ojos! —rio el anciano—. Y el motivo por el cual fuiste la segunda vez… —Agitó la cabeza con desagrado—. Sé que es de mala educación hablar mal de los muertos, muchacho, pero tu madre… En fin… No me puedo creer que le sacara los ojos al pobre perro. ¿Qué otra opción le quedaba a tu padre más que sacrificarle? Un perro ciego nunca podría ser útil a un cazador.

—Aún le conservo —dijo Caín con su voz monocorde.

—Uno de mis mejores trabajos sin duda… aunque sigo sin saber por qué no me dejaste que le pusiera unos ojos de cristal.

—Quería recordar —respondió el más joven.

Un silencio espeso cubrió la mesa hasta que Agustín decidió romperlo.

—No puedo olvidar tu imagen, las manitas agarrando aquel bote con los ojos flotando dentro…

El corazón le dio un vuelco. Por fin llegaban a la parte que le interesaba.

—Señor Riverseca, quería preguntarle, si no le es molestia, si todavía conserva alguno de esos globos de cristal como los que me dio en aquella ocasión.

La mano del anciano se detuvo a medio camino de la boca con la taza de café.

—Pero muchacho… ¡No me digas que también conservas los ojos del animal!

Nervioso por no saber lo que podía desencadenar su respuesta, Caín optó por la verdad… La parte de verdad que podía confiarle al anciano.

—Sí, ya sabe lo que significó todo aquello para mí… Y el otro día, sin querer, golpeé uno de ellos. No es que sea gran cosa, pero tiene una pequeña muesca exterior que podría poner en peligro en un futuro el ojo. ¿No podría darme algunos? Se los pagaría, por supuesto…

Durante unos segundos el anciano dudó y finalmente dijo:

—¿Por qué no? Pásate más tarde a buscarlos, total, solo están cogiendo polvo. Llévate también algo de conservante y la silicona que uso para sellarlo. ¿Te acuerdas de dónde es?

Aquella respuesta le recorrió como una corriente eléctrica de arriba abajo. Sabía que apelar a los sentimientos del anciano era un buen movimiento.

—Sí, iré esta misma tarde —dijo con una sonrisa y un entusiasmo que no sabía que podía salir de su boca—. Muchas gracias, don Riverseca, no sabe el favor que me ha hecho.

Tras terminar el desayuno y una pequeña lucha para pagar la cuenta que al final venció Caín (el entusiasmo por su pequeña victoria le había dado fuerzas), se despidieron en la calle, no sin antes repetir el agradecimiento. El anciano apoyado en su bastón hizo un gesto con la mano para quitarle importancia y empezó su camino a casa con pasos cortos pero seguros. De pronto, de la esquina perpendicular con la calle de la Asunción de nuestra Señora salió a toda velocidad un chaval con una bici de montaña. Los cascos con una música tan alta que se podía distinguir qué canción estaba escuchando y la capucha sobre la cara de la que solo salía el flequillo castaño planchado. Esquivó en el último segundo al señor Riverseca, pero este, al intentar apartarse, perdió el equilibrio y se fue a suelo. El anciano desde el adoquinado le lanzó un grito de enfado al que el chico, sin detenerse, respondió con una peineta. Ardiendo por dentro, Caín se acercó al hombre y le ayudó a levantarse (no sin antes haberse puesto de nuevo los guantes, por supuesto).

—Estos chavales... —resolló con la respiración entrecortada el taxidermista— están completamente mal de la cabeza.

—No se preocupe, señor Riverseca —dijo el más joven mientras ayudaba al anciano a sentarse sobre uno de los bancos alargados adosados al pequeño parquecillo situado enfrente del bar—. Las calles no siempre son lisas y a esa velocidad… Es muy probable que acabe él también en el suelo.

El anciano le miró entre sorprendido y confuso. Se despidieron de nuevo y cada cual se fue a su casa. Uno sin saber qué pensar y el otro con los labios partidos en una sonrisa que ese rostro jamás había visto.

El día se había hecho de rogar pero, por fin, ahí estaba… Y ahora era a ella a la que no le apetecía estar despierta. Desactivó la alarma y se fue pateando el suelo a la ducha. Dejó correr el agua hasta que se calentase mientras buscaba en el móvil la dirección de la ETT que tenía que visitar. Perfecto, podría ir andando, le vendría bien. Se metió bajo el agua casi hirviendo despegándose los últimos trozos de sueño de la cara. Salió, se secó el pelo con una toalla, lo trenzó y se puso la ropa que encontró más a mano medianamente profesional (camiseta de manga larga negra, pantalones vaqueros, botas de caña alta con suela gruesa y plumas negro… lo bueno de su armario es que cromáticamente era jodídamente fácil de combinar). No le apetecía nada de lo que le aguardaba en la nevera así que decidió pillar algo por el camino. Esperaba que el caso terminara rápido o iba a ponerse como una bola. Al salir atropelladamente por poco se lleva por delante a Joyce quien esperaba pacientemente al ascensor con el pequeño Kiss enredando a sus pies.

—Where´s the fire hun? ¿A qué tanta prisa? —dijo sonriendo parapetada tras lo que parecían montañas de ropa multicolor.

—Trabajo —respondió Gemma optando por las escaleras. Sabía que el ascensor solo era rápido si por obra divina lo pillabas en tu planta.

—¡Oh, no! An other… ¿Otra...? —añadió su vecina cambiando el gesto.

—No, no, no, no, no. Por fortuna —dijo mientras prácticamente saltaba por las escaleras.

—Bien, bien —la oyó decir ya prácticamente desde el piso inferior—. ¡Patéales el culo a los malos my dear!

Eso le hizo soltar una carcajada. La visión casi de superhéroe que tenía la gente cuando decías que eras policía no encajaba con la realidad... Si supieran la cantidad de veces que se había visto incapaz de ayudar... Pero esta vez no. Esta vez conseguiría atrapar al monstruo que había hecho eso. Esta vez el malo va a acabar entre rejas y ella lo iba a celebrar poniéndose hasta el culo de pizza y comprando media tienda de cómics... O solo un par de ellos, que nadie le iba a pagar el alquiler por mucho que lo lograra. Su gran consuelo es que a Spiderman tampoco le perdonaban las facturas.

Por fin las tenía en su poder. Sentado en la cómoda silla de cuero de lo que fuera el despacho de su padre contempló sus nuevas adquisiciones. Agradecía el celo profesional de don Riverseca. Las piezas estaban reposando dentro de un maletín de madera con el interior acolchado con gomaespuma. Paredes del mismo material separaban unas esferas de las otras. Debía limpiarlas todas, lo sabía, pero la impaciencia pudo con él. Se encargó de las dos primeras y las dejó secar colocándolas con mimo sobre un paño de algodón tan blanco que dañaba a la vista entre tantos muebles oscuros. Ataviado con una de las batas de quirófano de su padre, guantes hasta el codo desechables e instrumental médico esperaba a que el cristal estuviera en su punto óptimo para poder trasvasar sus últimas adquisiciones al lugar al que le corresponden. Al mirar aquellos orbes esperándolo en el bote lleno de líquido conservante no pudo evitar pensar en la última broma retorcida del destino. Cuando lo descubrió se echó a reír de tal manera que necesitó sentarse un rato para recuperar el aliento. El color de ojos que tanto le había gustado en Carmen era falso, tan falso como el resto de ella. Sobre un pequeño pañuelo de papel descansaban dos lentillas dobladas de color verde que muy pronto terminarían en la chimenea. Miró hacia el hogar. Últimamente se estaba descuidando. Había olvidado limpiar las cenizas del otro día. Hacía frío, esperaría a terminar y calcinar los restos del material inservible junto a los restos anteriores. Centrándose en lo que tenía entre manos comprobó que las esferas de cristal ya estaban secas. Dejó preparada la silicona para sellarlas y colocó el primero de los cristales sobre un trozo de gomaespuma rectangular con un pequeño agujero, perfecto para trabajar sin que nada se moviera y entorpeciera su trabajo. Siguió las instrucciones del anciano. Vertió primero un poco del líquido conservante, después, con la misma delicadeza con la que un devoto trata una reliquia, abrió el bote en el que conservaba los ojos de Carmen. Sus pupilas ya tenían el color original. Negro, no verde. Negro… Tomó el ojo con unas pinzas planas con cuidado de no apretar demasiado y lo introdujo en su nuevo hogar. Días atrás había cortado el nervio sobrante, esa parte no era necesaria. Debido al efecto lupa del líquido y el recipiente el ojo que le devolvía la mirada había aumentado de tamaño. Cerró la tapa con delicadeza y procedió a sellar la bola de cristal con ayuda de la silicona transparente que le había facilitado don Agustín. Lo dejó secar y repitió con precisión el mismo procedimiento para el otro ojo. Al terminar, exhausto como un neurocirujano tras una operación especialmente difícil, colocó sus trofeos en sus pequeños expositores de alambre dorado. Se sentía especialmente orgulloso de aquellas piezas. Fue él quien de niño las diseñó para que sustentaran la mirada de su fiel Tizón. Hermosas en su sencillez, prácticas en su belleza. Un simple círculo abierto en la parte inferior del que salían dos … ¿Podemos llamarles brazos? Uno ascendía para sujetar la parte superior del cristal esférico y el otro hacía de soporte para evitar que la estructura volcara. Para terminar, a modo de pequeños pies y para añadir algo más de sujección dos bolitas doradas elevaban ligeramente la parte delantera del círculo metálico. «Así (como bromeaba el viejo taxidermista) evitamos que las presas se escapen». Los posicionó uno junto al otro y recogió y fregó lo que ahora era su puesto de trabajo. Ocupó una pequeña parte de las estanterías con sus nuevos tesoros, encendió la chimenea para quemar el pañuelo, las lentillas y algunos desechos más. Suspiró satisfecho al ver la luz del fuego resbalar por el cristal.

—¡Por fin cara a cara, Carmen. Ahora te veo de verdad. Ahora tú me ves sin la máscara del desprecio… Ahora me limpiaré como debo y te dejaré con los demás. Tengo que hacer sitio y prepararlo todo. Dentro de poco tendremos un nuevo inquilino con nosotros.

Se arrepentía de su decisión de ir andando hasta la ETT. El aire le quemaba las mejillas y el pelo húmedo había sido casi un suicidio gripal. Aceleró el paso y se sintió casi febril. Los mechones de un rubio ceniza se le aplastaban contra el rostro, no sabía si por la ducha o por el sudor. Pasó la estatua del Cid con sus atascos de tráfico mientras masticaba con ansia una palmera rellena y daba sorbos a un vaso de plástico lleno de café hirviendo. No recordaba si traía pañuelos de papel, esperaba que sí, interrogar a posibles testigos con los morros manchados no parecía algo muy profesional. Pasó como una exhalación cabreada por delante de Bershka, Zara y demás tiendas de ropa y cosmética que poblaban la calle Vitoria, dándole vueltas a si aquello sería otra pérdida de tiempo y preguntándose si llevaría algún analgésico en la cartera (o si ya se los habría merendado todos sin reponerlos... lo cual era treméndamente posible). A veces le daban ganas de aceptar la propuesta de Lorenzo y currar en la tienda de cómics, no parecía un mal trabajo. Hablar de algo que la apasionaba y que le pagaran por ello tenía mejor cara que ir por ahí en busca de un tipo (o tipa, se recordó a sí misma) que le sacaba los ojos a la gente en la ducha. Notaba que el caso se le escurría de entre los dedos. La cerradura no estaba forzada, y el batiburrillo de huellas y material biológico de aquel piso daban para varios documentales de esos que echa la dos en la hora de la siesta. Como pistas, una agenda llena hasta los topes pero sin ningún mensaje amenazante. Un antiguo amante al que chantajeaba pero que tenía coartada, una taza de té con huellas de la víctima y una cuchara (tragó saliva con dificultad) sin ni un solo rastro. Esa taza de té le hacía pensar. Uno no se prepara un té y se mete a la ducha, ¿verdad?, salvo que lo quiera frío y en ese caso no lo deja en una taza en el salón, sino en un vaso o jarra en la nevera… Los vecinos no habían ayudado y el hecho de que la víctima no gritara, tampoco. Por lo visto, a la pobre no la había dado tiempo… O vio entrar al agresor pero le conocía y era alguien con quien no le importaba estar en pelota picada. Dando un furioso bocado a lo que le quedaba de palmera echó el freno a sus pensamientos. Si seguía así descarrilaría como cuando compartía teorías sobre series y sagas en los foros. Paso a paso. Así es como se consiguen las cosas. Tiró a la papelera más cercana el pañuelo arrugado que, por fortuna, había encontrado en uno de los pliegues de su atiborrada mochila, se sacudió las migas y se bebió de un trago lo que quedaba del café. Tras cruzar el río Vena y pasar el Corte Inglés ahí estaba su objetivo, la ETT. ¿Lista para otra ronda de quién es quién a lo macabro? ¡Pues a por ello!

Ya empezaba a sentir como familiar el peso extra en el maletín. Así evitaba sorpresas. Así seguía un cierto orden que parecía rehuirle por más que se esforzaba. Llevaba gran parte del día sentado en la terraza acristalada del bar en el que se había reunido con don Agustín. Una pecera perfecta para observar sin ser observado aunque, claro, tenía sus inconvenientes. No era el hecho de que para permanecer ahí debía consumir, sino que debía hacerlo en aquellas condiciones. Tentado en sacar su propia cubertería y argumentar una posible alergia para salvar el problema desistió nada más pensarlo. Se suponía que no debía llamar la atención… no más de lo que ya la estaba llamando. Había llevado un libro y varios cuadernos de notas para tener una excusa. Los camareros le dejaron medianamente en paz cuando dijo que se trataba de un proyecto literario. Por lo visto, su aspecto concordaba. Era el segundo día que venía tras encontrarse con el taxidermista y si sus cálculos salían como había planeado, no necesitaría hacerlo mucho más. Quizá una mañana más para disimular. Demasiado llamativo (algo de lo que era consciente desde niño) como para consentir que las fechas o las horas concordaran. Mejor mantener las formas. Mejor evitar problemas. Mejor seguir un orden limpio y calculado. Le dio un sorbo al café ya frío. Empezaba a impacientarse, quizá no hubiera estado tan acertado como él pensaba. Cuando ya se fustigaba mentalmente un sonido familiar rompió el silencio cotidiano del bar. El ruido de una bicicleta y una música tan alta que quien la escuchaba no necesitaba de los cascos para oírla. Cómo odiaba la impuntualidad… Lo recordaría para su encuentro de esta noche. Pagó la cuenta, sonrió de forma forzada ante la curiosidad de la camarera por la marcha de su trabajo y se fue a casa. Aún le daba tiempo a afinar los últimos detalles. Cuanto más organizado todo, menos espacio le dejaba al error.

No había servido de mucho, la verdad, tras por poco mandar a la mierda al chico que atendía tras el mostrador (sin siquiera mirarla le tendió un formulario para que lo rellenara con sus datos confundiéndola con alguna de las personas que suelen ir a pedir trabajo. Sin dejarla hablar le dijo que el currículum había que enviarlo por internet dando con ello la conversación por finalizada… Si así trataban a la gente que estaba en paro lo que le extrañaba es que la tasa de suicidios no aumentara). Cuando pudo hablar con el director de la sucursal y le facilitaron los datos de la víctima ató cabos con rapidez. El tipo de trabajo que buscaba era el de cuidadora de persona mayor y a los que aplicaba era a aquellos en los que la familia era adinerada… Braguetazo a la vieja usanza, todo un clásico telenovelero. Había ido a varias entrevistas con ese perfil. Les pidió que le entregaran los datos de aquellas personas por si podía rascar algo de todo aquello. Dio las gracias y se fue. Cuando salía por la puerta, notó vibrar su teléfono. Ramirez.

—Hemos encontrado algo, ven para acá —Y cuelga.

«¿Y qué habéis encontrado, Ramirez? ¿El Arca de la Alianza? ¿Otro cuerpo? ¿La ciudad perdida de la Atlántida?... ¿A Wally?». Gemma bufó interiormente. Esperaba poder dormir aquella noche, tenía pinta de que el día iba a ser largo y eso que solo acababa de empezar.

El nuevo olor impregnaba la estancia dejando su huella. A él le gustaba. Era un olor que poseía una limpieza quirúrgica, como una sala de operaciones a estrenar. Repasó de forma exhaustiva los componentes de su equipo. Sobre la silla aguardaba la ropa que iba a usar, escogida de forma prudente ya que sabía que debía deshacerse de ella más adelante. Los guantes, la mascarilla, las pinzas, tijeras y botes…. Todo perfecto, todo alineado como un pequeño ejército listo para desfilar. El frasco con cloroformo había sido añadido a última hora, lo mismo que el pañuelo que iba a usar para impregnarlo. Era una receta tan sencilla que podía hacerse con material obtenido en cualquier droguería o farmacia. Todo iba a la perfección.

—Está bien —susurró con impaciente determinación—. Estamos listos.

—¿Así que «eso» es un jabón? ¡No jodas! —dijo Gemma incrédula.

Ramírez simplemente asintió haciendo gala de su elocuencia natural mientras le tendía la bolsa de plástico en la que estaba embasada la pastilla plateada.

—¿Y qué es? ¿Una especie de moda o algo así? ¿Te crece más el pelo? ¿Te quita granos? ¿Hace que las malas energías pasen de tu culo?

Su compañero se encogió de hombros con cierta desgana. Puede que Gemma tuviera el premio de borde del año dentro del cuerpo, pero este tío era tan expresivo como una roca. Debía ser divertido verle en un interrogatorio, seguro que quien fuera le confesaría cualquier cosa solo por llenar el silencio de la habitación.

—Gracias, cabronazo, te debo un donuts.

Con la nueva información reptó esquivando archivadores y mesas atiborradas hasta su puesto. Encendió el ordenador y se bebió uno tras otro artículos, vídeos de youtube y críticas sobre el producto. Lo vendían como un eliminador de olores casi mágico. Le estaban entrando hasta ganas de probarlo... Por lo visto, nada se le resistía. Lo usaban sobre todo en restaurantes para quitar el olor de pescado, cebolla y ajo de las manos. Podían leerse tanto críticas espectaculares como destructivas sobre su eficacia. Tras un tiempo dándole vueltas y un café asqueroso de la máquina (un mejunje que cada vez se parecía más a tierra de maceta con agua tibia) algo seguía sin encajar. Volvió a mirar las fotos del cuarto de baño. Perfumes, colonias, cremas, champús... Todo ello poblado de aromas. Aquel método de limpieza tan antiséptico no concordaba con la víctima… O eso o se dedicaba a pelar ajos de noche y, aunque ese fuera el caso, dadas sus características, ¿no sería mejor tenerlo en la cocina que en el baño? Cada cual tenía sus manías, sí, pero… la otra opción era muy clara y tan buena que se negaba a decirla en voz alta por si la gafaba. El asesino. El jabón pertenecía al asesino… Bien y ahora ¿qué? ¿Se iba de tapas y preguntaba en todas las cocinas si ellos usaban ese jabón? Se puso a teclear como una loca en busca de formas de adquirirlo y eran muchísimas. Desde prácticamente cualquier portal de internet hasta supermercados como el Lidl… Además, debido a que el dichoso jabón parecía ser inagotable, el agresor podía haberlo adquirido hace años… ¿Qué pista seguía primero? ¿La del comprador de jabón ilocalizable o la de las entrevistas de trabajo para candidata a miss braguetazo 2018? Cerró los ojos con fuerza y se presionó las sienes como si con ese gesto pudiera arrancar el taladro percutor que llevaba todo el día persiguiéndola. «Bien», se dijo, «lo que está claro es que estando quieta lo único que conseguiré es terminar explotando». Al final se decidió por una opción tan infantil como eficaz.

—¡Eh! ¡Ramirez! ¡Di un número del uno al diez!

El grandullón levantó el dedo corazón de su mano izquierda sin separar los ojos de la pantalla de su ordenador.

—¡Enhorabuena! Te ha tocado un maravilloso viaje al mundo de la adquisición de los jabones antipestazo. Si me necesitas, yo estaré dándome cabezazos contra el muro de otro callejón sin salida.

Ramírez asintió con una sonrisa distraída en los labios. Porque el tipo era tres veces ella que si no… Había veces que le daban ganas de patearle las pelotas solo por ver si reaccionaba. Cogió su plumas, la lista de direcciones en las que se habían hecho las entrevistas de trabajo y se echó a la calle.

—Bueno —se dijo—, al menos así hago culo.

El ritmo constante de las pedaladas seguía el de la canción. Iba tarareando en falsete el estribillo mientras disfrutaba del viento gélido en la cara. A esas horas y entre semana los bares estaban cerrados. La ciudad dormida y él podía acelerar sin tener que estar esquivando peatones. Era una sensación que le encantaba. Pasó como una centella por la plaza de la catedral justo cuando los primeros copos empezaban a caer. Los focos que desde el suelo alumbraban la fachada le daban vida a las gárgolas, como si solo esperaran a que pasaras para ir tras de ti. Aquello le hizo reír. Tenía que dejar las sesiones maratonianas de Netflix, le estaban sentando fatal. Si aceleraba un poco más, llegaría a casa antes de que se le congelaran las pelotas. Pasó sobre un charco salpicando a su alrededor, sintiéndose como un surfista tomando una ola. Volvió al estribillo y siguió el ritmo con la cabeza, cerró los ojos un instante, lo justo para no ver el trozo de madera salido de la nada. Intentó maniobrar pero el pavimento mojado hizo que las ruedas derraparan y acabó en el suelo. Tuvo el tiempo justo para cubrirse la cara con una mano y agarrar el Iphone con la otra para evitar lo peor del golpe. El ruido del trompazo resonó por unos instantes en las calles vacías junto al escueto «¡Joder!» que soltó al ver sangre en sus rodillas y el antebrazo derecho. Al intentar levantarse notó que el tobillo cedía, pero un brazo bajo el hombro le ayudó a mantenerse en pie.

—Gracias, tío, no vi la cosa esa hasta que estaba justo encima —dijo mientras intentaba apartar el flequillo planchado de la frente con un movimiento de cuello del que enseguida se arrepintió. Se giró a ver a la persona que le ayudaba, la luz de las farolas dejaba su rostro en sombras pero un detalle le golpeó aún más fuerte que las baldosas del suelo.

—Tio, ¿eres médico o alg…?

No pudo terminar la frase. Un pañuelo húmedo le cubrió la boca y las fosas nasales. Sus miembros flacuchos intentaron resistirse un segundo para después caer a plomo, como un títere con las cuerdas cortadas. Con la cabeza del chico apoyada en su hombro, como si de un borracho se tratara, caminó al oscuro y apartado callejón en el que se encontraba la entrada de la antigua oficina de turismo de la ciudad. Una sonrisa se adivinaba bajo la mascarilla azul de hospital.

Las llamadas y las visitas no habían servido de mucho de momento. Sí, recordaban a la chica. No, no la habían contratado. ¿Por qué? Por lo que ella ya sabía. Se la veía venir, no tenía experiencia, parecía más interesada en el estado de sus uñas que en trabajar… Incluso hubo un caso en el que la propia chica se había largado al poco de la entrevista al ver que «no iba a encajar en el perfil» (léase que la familia en cuestión no tenía el dinero ni la oportunidad que ella buscaba). Aún le quedaban dos de la lista, las había dejado por hoy porque, como le recordaron en la última casa que había visitado, ya no eran horas de andar tocando timbres. Reconocía haberse ganado aquel bufido, pero como excusa tenía los horarios tan estables como un esquizofrénico con personalidad múltiple. Tras el empujón inicial de energía venía el bajón. Empezaba a sobrepasar lo razonable. Aquella noche iba a dormir sí o sí. Nada de quedarse leyendo gilipolleces en la red sobre el maravilloso milagro (o el timo) del jabón de acero. Pese a no haber oído hablar de ese cacharro en toda su vida resultaba que era mucho más común de lo que creía. No sabía si se debía al empuje de los buenos comentarios de internet o si a algún famosete—cocinillas—pela—ajos se le había ocurrido decir que era el segundo advenimiento de Cristo. Sin pensarlo más se arrastró hasta la cama y cayó en un sueño inquieto.

Suspiró, crujió nudillos y levantó la persiana. Un bofetón de luz la terminó de despertar. Mascullando una retahíla de insultos que llenarían de orgullo al creador de Monkey Island observó las calles cubiertas de un manto blanco, impoluto, precioso… Si no tenías que salir. Pese a las ganas de hacer chocolate caliente, abrir un libro y quedarse suspirando por la belleza del mundo a lo protagonista de novela victoriana se zampó unas tostadas con aguacate.

—No va a haber más raquetas de chocolate para ti esta semana, que te estás pasando, Gemmita —dijo en voz alta para autoconvencerse.

Entre sorbos de un café color petróleo se fue poniendo capa tras capa de ropa. Mientras rebuscaba en su armario las botas térmicas ultra caras para estas ocasiones (hace un par de años por poco pilla una neumonía cuando le tocó estar a la intemperie de noche con 30 centímetros de nieve y las botas caladas... Una y no más), sonó su teléfono. Ramirez, por favor, que sean buenas noticias y que haya encontrado algo en el jabón.

—La antigua oficina de turismo. Ven ya... Y sin desayunar.

Fin de la trasmisión. Solo había una razón por la cual su compañero podía preocuparse de que llevara el estómago lleno. La imagen fugaz de un baño ensangrentado la envolvió con el olor oxidado de la sangre con tal fuerza que por un momento creyó tener una herida en la boca. Encontró las botas, justo ahora que había dejado de buscarlas, se las calzó y se puso en camino. En el ascensor se encontró a Kiss y Joyce, el primero intentando treparle por la pernera a base de saltos y la segunda sonriendo bajo lo que parecía toda su ropa de invierno y unas botas que un enano de la Tierra Media habría llevado con orgullo. El brazo de su vecina se detuvo en medio del gesto de saludo al verle la cara y por primera vez desde que se conocían guardó silencio. Esperaron a que los números rojos del indicador marcaran su planta y que la puerta metálica que reflejaba sus siluetas de forma borrosa se abriera. No quería hablar, no quería escuchar... Otro cuerpo, otra persona, ¿qué más podía ser? Y ella solo daba con callejones sin salida. Lágrimas de rabia se le apelotonaban tras los ojos.

Solo a base de práctica y una mudez tozuda consiguió retenerlas. El ascensor llegó a la planta baja, se abrió con el sonido de una ligera campanilla. Tras un gesto ambiguo con la cabeza se encaminó a la puerta. Cuando ya tenía el pomo entre los dedos Joyce la detuvo poniendo su mano cubierta con el mitón rosa fucsia en su hombro. Con una ligera presión hizo que la mirara y dijo:

—Veas lo que veas, espere lo que te espere allí a donde vas no es culpa tuya.

Gemma estaba a punto de contestar entre la rabia y el abatimiento, pero un pequeño apretón en el hombro le indicó que Joyce tenía algo más que decir.

—Que un psycho decida matar y herir no es culpa tuya. Que alguien sea cruel no es culpa tuya. Que existan monstruos in this reality peores que en las fantasías no es culpa tuya. Tienes una carga muy pesada, mucha responsabilidad, pero no pongas esa sobre tus hombros. Esa culpa es de él, no tuya, did you ear me?

Un calorcito se expandió por sus entrañas heladas, inundando y desentumeciendo una musculatura que no sabía que estaba tan tensa hasta ahora. Antes de que Joyce pudiera decir nada más, le dio un abrazo que ella correspondió. Con otro ánimo y fuerzas renovadas salió a la nieve. A veces era bueno que te recordaran por qué hacías este trabajo. Era por gente como Joyce, no por pillar al malo de turno, aunque lo uno derivara inevitablemente de lo otro.

Llegó a casa tambaleándose como un borracho, ebrio por la victoria. Se sacudió antes de llegar a la puerta los copos de nieve. Con una gula prepotente se preguntaba cómo luciría el cuerpo a la mañana siguiente. Lo importante estaba con él, si… Pero la operación había sido tan meticulosa que le costaba guardarse el secreto. No era idiota, sabía que no podía confiárselo a nadie. ¿Quién iba a entenderlo? Mientras extendía dos toallas limpias en el suelo para quitarse toda la miasma que hubiera traído de la calle, lanzaba miradas impacientes al maletín. Lo había conseguido y, esta vez, había sido perfecto. Ordenado, pulcro… Su nueva adquisición bailaba en el interior de los botes de cristal esperando ser depositada en el sitio al que correspondía. Cuando sus pies lucían la ligera rojez que era síntoma de que el procedimiento se había llevado a cabo correctamente no lo resistió más. Abrió el maletín y buscó con delicadeza entre su contenido. Alzó los tarros a la altura de sus ojos imitando un encuentro cara a cara, haciendo gala de un sentido del humor del que, por lo menos hasta ahora, carecía. ¡Qué de cosas estaba descubriendo sobre sí mismo y el mundo! Antes de llevar todo el material escaleras arriba, lanzó una última mirada a aquellas esferas inquietas por su tembloroso pulso y susurró:

—Te veo.

Andaba por la nieve como los muñecos de Famosa intentando ya no mantener un mínimo de dignidad, sino el equilibrio. Apartaba de su cabeza una imagen peor que la anterior rezando porque aquello no fuera lo que su instinto le decía… ¿Íbamos a tener un asesino en serie? ¿En Burgos? No, a lo mejor era otra cosa… Podía serlo… Algún borracho, peleas que se les habían ido de las manos… Puede que alguna otra pista sobre el caso. «Pero para eso no te habría hecho ir allí, sino a la comisaría», le susurró una voz tocapelotas en la cabeza. Al llegar a la zona señalada vio que parte del equipo estaba limpiando de nieve el centro de la calle donde parecía sobresalir una bici de montaña como un esqueleto en un yacimiento arqueológico. El escenario, debido al clima y a los curiosos, hacía de una calle conocida algo ajeno. Varios compañeros acordonaban la zona y pedían al público morboso que les dieran espacio. Pasó entre ellos con la placa por delante como si fuera la quilla de un barco y renqueó hacia la enorme figura de oso de Ramirez. Justo cuando estaba a punto de llegar, sus pies pisaron un desnivel inesperado y se fue al suelo de culo. Genial, además con las gradas llenas, eso era hacer una entrada. Uno de los chicos de la forense la ayudó a ponerse en pie mientras preguntaba conteniendo la risa:

—¿Estás bien?

—Estaré mejor si borramos esta escena de la memoria colectiva. ¿Dónde están los Men in Black cuando se les necesita?

Sacudió la nieve adherida a su pandero y arrastró los pies por la zona hasta dar con un objeto alargado y móvil. Apartó con los guantes la nieve que lo cubría y salió a la luz un trozo de madera alargado.

—Pero qué cojones…

La sombra de Ramirez la cubrió mientras este se agachaba para comprobar qué era. A primera vista no parecía gran cosa, pero antes de que le diera tiempo a cogerlo y tirarlo a tomar por culo su compañero le hizo un gesto a uno de los chicos de la forense para que se hiciera cargo del objeto.

—¿Le han dado a alguien una paliza con un madero o qué? —dijo Gemma con los restos que le quedaban del enfado.

—No, pero puede tener relación.

No dejaba de ser cierto. El hombre impasible tenía razón. Al fin y al cabo, era una escena del crimen. Fueron caminando con mayor facilidad hacia el callejón en el que se encontraba la antigua oficina de turismo. Viendo el lugar le extrañaba que no fuera un foco de grillados, botelloneros y polvos esporádicos de aquí te pillo aquí te mato. La víctima estaba oculta de las miradas por un callejón tan estrecho como inútil formado por la espalda de uno de los edificios que daba forma a la plaza de la catedral y la Oficina de Turismo en sí. ¿En qué demonios estaba pensando el arquitecto? En un intento bastante pobre de darle algo de luz al edificio construido en franjas grises y cristal dejaron aquel pequeño rincón… En el que la esperaba quien Ramirez le había informado que era Enrique Sánchez Galán. Diecisiete años. Volvía de la biblioteca situada frente a San Lesmes en la que asistía a unos cursos de inglés. Tras ellos solía quedarse en casa de unos amigos jugando a los videojuegos hasta las once o las doce. Lo habían encontrado un par de peregrinos coreanos esta mañana creyendo que la oficina de Información seguía aquí. Ramírez les había tomado declaración y les había enviado a un hotel. Desde luego era un viaje que no iban a olvidar fácilmente. Pese al encajonamiento, el frío y el estar al aire libre ayudaban a disipar los olores. Esta vez no había tanta sangre. ¿Por qué? Se acercó más para verle mejor. La escena, aunque concordaba en muchas cosas con la anterior, era significativamente distinta. Los párpados de la víctima habían sido retirados con cortes limpios, precisos. ¿Un bisturí quizás? Desde las pestañas hasta las cejas en la parte superior y hasta el pómulo en la inferior dejando un agujero cuyos bordes eran el propio hueso del cráneo. Abiertos en secciones hacia afuera siguiendo un orden radial parecían pétalos de una flor macabra. Los ojos, por descontado, no estaban… Lo que sí había era tierra. El muy cabrón había taponado los ojos con tierra evitando con ello que la sangre manara en exceso. Por ello la escena era más… ¿Limpia? ¿Se le podía llamar así?

—Lo más probable es que cogiera la tierra del jardincillo que está frente al bar. Los del laboratorio nos lo confirmarán —La voz de su compañero retumbaba en aquel rincón helado y solitario.

Desde luego, la consistencia y el color concordaban...

Se obligó a apartar la mirada del rostro del chico que atraía a sus pupilas como si fuera un imán. Las manos a ambos lados del cuerpo, estiradas. Las piernas rectas… Le habían colocado así. Si el detalle de los ojos no uniera ambos crímenes juraría que no parecían hechos por la misma persona. Lo que el anterior tenía de furioso este lo tenía de frío. Había sido deliberado. El chico no presentaba heridas defensivas. ¿Cómo convences a alguien para que te acompañe a un sitio como este a esas horas? Además, el callejón estaba apartado, pero para acceder a él tenías que pasar por una de las zonas más emblemáticas de la ciudad. Rodeado de bares y restaurantes, incluso entre semana y con las calles vacías un grito hubiera despertado a medio vecindario… Salvo que pensaran que eran los típicos borrachos a deshoras y se dieran la vuelta en la cama maldiciendo. Dejó desterradas las dos últimas visitas con los contactos que le había facilitado la ETT, tenía que hablar con los vecinos por si alguien hubiera visto algo. Salió de las sombras húmedas del callejón a la claridad hiriente de la nieve. Ya habían desenterrado la bicicleta, era claramente del chico, aunque lo corroboraría con los padres en cuanto pudiera. Como en la escena anterior los objetos personales de la víctima estaban ahí. El Iphone que costaba casi su sueldo y la cartera estaban en los bolsillos. Lo único que le faltaba eran los ojos... Y esta vez lo había hecho a conciencia. Se pellizcó el puente de la nariz y cerró los ojos un instante. Al volver a abrirlos, una certeza la golpeó como un yunque. Miró desde la entrada del callejón la situación del madero con el que había tropezado y la bici... El chico se había caído o, más correctamente, le habían tirado. Volvió al callejón chapoteando entre charcos de nieve derretida y buscó en el cuerpo otro tipo de marcas. En las rodillas tenía desgarrones, el antebrazo derecho presentaba una abrasión reciente y uno de los tobillos lucía hinchado. Seguramente no había podido sostenerse en pie. Era un escenario preparado. Desde los utensilios hasta la hora, el lugar... El chico había sido una víctima buscada.

—El muy cabrón está cazando —le dijo a Ramírez—. O le pillamos pronto o va a haber una tercera víctima... Y no creo que vaya a parar ahí.

El frío nunca había sido un problema, al fin y al cabo la meta de un horario es cumplirlo. Entre los castaños cuyas raíces levantaban las aceras Caín caminaba con cuidado, esquivando raíces y relieves conocidos gracias a años y años siguiendo la misma ruta. Recordaba cómo era hacerlo acompañado. Los días que su padre tenía que trabajar él era el encargado de ejercitar a Tizón. Su progenitor había delegado en él aquella tarea ante la mirada iracunda y silenciosa de su madre. La vida había cambiado tanto… Podía jugar. Incluso si ello significaba barro, sudor y ruido. Podía reír… Recordaba lo pasmado que se había quedado ante su propia risa, lo rápido que la había cortado para evitar una regañina y la mano de su padre sobre su cabeza, un par de ligeras palmaditas:

—Está bien, hijo, está bien.

Al llegar al parque de la Isla (justo a su hora, pese a la nieve) miró la ancha avenida central del mismo recordando que era justo ahí donde soltaba la correa del galgo. Luego bajaban corriendo a la zona de hierba que se extendía entre el murete que habían construido para evitar las inundaciones y el río. Una vez allí él tomaba alguno de los múltiples palos y ramitas, y lo lanzaba una y otra vez para que el perro se lo devolviera. Un borrón negro, rápido como una flecha. Era el propio niño quien acababa agotado mientras el esbelto animal parecía capaz de dar varias vueltas al mundo antes de acabar con la lengua fuera. Odiaba volver a casa. Era como si las paredes repelieran la luz exterior. La atmósfera asfixiante provocada entre el olor a desinfectante y las cortinas corridas le caía como una losa. Para intentar evitar mayores enfrentamientos seguía las instrucciones inflexibles de limpieza impuestas por su madre quien le había retirado la palabra de modo tajante. Intentaba lograr en sus ojos la misma luz que veía en los de su padre… Y fracasaba una y otra vez. Aún así, pese a la piel irritada por los cepillos y jabones abrasivos, las caras de desprecio y la condena al silencio, Caín recordaba aquellos años como los más felices de su vida. Hasta que, como todo, llegaron a su fin. Todo empezó a derrumbarse cuando su madre, en un acto de venganza sin límites, arrancó los ojos a Tizón. Recordó volver de tomarse unas bravas con su padre en los bares del centro y llamar al animal. El golpe en el pecho mientras el silencio era la única respuesta a su voz. Segunda llamada. Tizón era obediente, mucho, su padre le había educado. Solo hacía falta un silbido o decir su nombre y él acudía como una centella. Tercera llamada, cuarta… Su padre le seguía, también le llamaba intentando ocultar la preocupación en su voz. Llegaron a la caseta de la parte trasera del jardín de la que salía un quejido lastimero. Abrió la portezuela y esperó a que sus ojos se adaptaran a la oscuridad. Sobre el nido de mantas, tendido y sollozando al oír sus voces, estaba Tizón. Se arrodilló junto a él y al acercarse sus dedos tropezaron con algo húmedo y viscoso. Alzó la mano a la luz sesgada que se filtraba desde la puerta con gesto de asco creyendo que eran excrementos, pero entre sus dedos resaltaba, como una bandera de alarma, el color rojo. Su padre le apartó y encendió la pequeña bombilla del techo. Al oír el ruido el galgo alzó la cabeza y les buscó con la mirada vacía de sus órbitas huecas. Su padre fue hacia la casa y le dejó solo con Tizón quien parecía suplicarle ayuda desde su rostro ciego. Las lágrimas nublaron su vista. Por lo que parecía una eternidad permaneció allí acariciando al pobre animal. Al intentar recolocar el nido de mantas, dos masas esféricas cayeron al suelo polvoriento componiendo de forma grotesca una mirada que conocía bien. Fue a la alacena de la cocina corriendo, tomó uno de los botes vacíos de cristal que se apilaban entre el armario del fondo clasificados de manera obsesiva por tamaños y volvió corriendo a la caseta. Con la ayuda de un pañuelo introdujo los ojos del perro en el bote y se acercó al galgo susurrando entre lágrimas:

—Papá es médico, te los puede poner de nuevo. O si no, el Señor Riverseca te pondrá unos nuevos de cristal, como a los corzos del salón. Ya lo verás, ya lo verás… serán mejor que los antiguos y...

Una mano en su hombro, el rostro afligido de su padre:

—Espérame en el coche. —La voz profunda y ronca.

Caminó hacia el garaje, con el bote de cristal apretado entre los brazos hasta hacerse daño, una pequeña luz anidó en él. Su padre iba a llevarles al hospital. Los ojos eran importantes, tenía que guardarlos bien por si no hubiera recambios, se los pondrían y… El sonido seco y contundente de un disparo rompió el hilo de sus pensamientos. Se dio la vuelta y vio salir a su padre con un fardo envuelto en mantas entre los brazos. Incapaz de mirar a su progenitor, alzó los ojos hacia la casa y tropezó con el rostro de su madre. Jamás olvidaría aquella expresión de triunfo ni aquella sonrisa. Fue la primera y última vez que la vio sonreír de felicidad.

La cosa estaba jodida. El asesino seguía siendo un fantasma: ni huellas ni ADN ni la madre del cordero... Las últimas 36 horas las había sobrevivido a base de café y este empezaba a no funcionar. Solo una pista, una pequeña que le había dado esperanzas desmedidas en medio de aquella desesperación. Un vecino había oído la caída del chico y había visto a una persona cubierta con lo que parecía una gabardina. Al ver que el chico era atendido, se volvió a la cama sin volver a pensar en ello. Era un principio, uno bueno o, al menos, eso parecía. Pero no. El tipo podría haber sido el propio Santa Claus porque el vecino que había presenciado todo era un anciano de 86 años que casualmente estaba junto a la ventana porque por la noche se levantaba varias veces para orinar... Y que tenía unas cataratas que serían la envidia del Niágara. Aquello la estaba sobrepasando. Los murmullos se hacían cada vez más ruidosos y una frase, una que acojonaba, sonaba cada vez con más fuerza: asesino en serie. Para considerarlo como tal debía haber otra víctima, en teoría deben ser tres o más para categorizarlo de esa manera... Un consuelo cojonudo. Otra corriente entraba dentro de lo posible: había dos asesinos. Podría ser que un imitador tarado oyera algo sobre el primer asesinato y dijera: «¡Ey! ¡Cómo mola! ¡Vamos a hacer algo así!», pero esa teoría no la convencía. Llamémoslo corazonada o simple cabezonería, pero dos cuerpos sin ojos era mucha, demasiada, casualidad. Aunque parecía que aquella teoría iba ganando adeptos día a día, ella casi pondría la mano en el fuego (la mano de alguien por lo menos, una cosa es defender una idea y otra ser gilipollas) a que se encontraban delante de un sujeto que estaba evolucionando. Lo prueba con Carmen Itugarde, se libra (de momento, se recordó), le gusta y decide hacerlo de nuevo… ¿Sería posible? Nada unía a las víctimas entre sí, solo la zona. El centro de la ciudad parecía haberse convertido en su coto de caza particular. Volvió a mirar las fotos de las víctimas, no las de los cuerpos, sino las que le habían facilitado del rostro de ambos y releyó las fichas. No concuerdan ni en sexo, ni en edad, ni en estilo de vida… No frecuentaban los mismos lugares, ni foros de internet, ni tenían lazos familiares que les unieran. Ni el tamaño, ni la edad, ni el día, ni la hora… Apoyó la frente en el escritorio intentando templar la fiebre que comenzaba a embargarla. Si esto era lo que todos sospechaban pero nadie decía estaban jodidos… No hay psicópata más difícil de atrapar que aquel que mata de forma aleatoria. Si seleccionaba sus víctimas al azar, ¿cómo prever su siguiente golpe?

Llegaba tarde, seguro que era debido a la nieve, pero esa era una excusa muy pobre. Al fin y al cabo, él mismo estaba ahí de forma puntual. ¿No es cierto? Pese a que los caminos ya empezaban a estar despejados gracias a la sal y las palas de los barrenderos, la helada de la noche anterior convertía las aceras en pistas de hielo. Miró el reloj de nuevo, impaciente. Él cumplía con sus compromisos diarios. Él venía cada día, daba igual el clima o la fecha. ¿Por qué nadie era capaz de mantener un mínimo de compromiso? Cansado e indispuesto a tolerar un minuto más de una espera a la que elevaba a la categoría de falta de respeto desanduvo sus pasos y volvió a casa. Su tiempo era preciado, precioso, sobre todo ahora. ¿O se cree esa vieja hippy que a él no le costaba abandonar el calor del hogar para enfrentarse a sus deberes? Meneó la cabeza entre la desaprobación y la clemencia que da el saberse superior. No podía exigir a los demás lo que se exigía a sí mismo, no todos poseían su fuerza de voluntad. Además, ese retraso le venía bien, tenía cosas que hacer en casa, la limpieza que había postergado en favor de otros quehaceres más inmediatos pedía a gritos su atención. Además que, como decía su padre, los trofeos son para disfrutarlos.

Arrastraba los pies camino a casa. Sabía que era una completa gilipollez, pero notaba los ojos del resto de viandantes clavados en ella de forma acusatoria. Probablemente era debido al cóctel explosivo entre la falta de descanso, el exceso de cafeína y la tensión acumulada. No le extrañaba que dentro de poco empezaran a saludarle amigos imaginarios desde detrás de cada esquina. Pateando montones de hielo y nieve en un intento de liberar algo del cabreo acumulado por poco acaba en el suelo. «Como si con una función diaria no fuera suficiente», pensó con su tono más ácido. Cambió a un paso más cuidado dispuesta a ahorrarle a su culo otro hostión. Iba tan centrada en el suelo que por poco atropella a Joyce, que justo salía del portal.

—Hi my dear! Un día duro, rigth? Bueno, dale a auntie Joyce cinco minutos, el viejo Kiss necesita hacer sus cosas. Ponte el pijama y pásate por mi casa más tarde, he hecho quiché de espinacas y unos filetes de seitán maravillosos que no se van a comer solos.

Y, tal y como la había abordado, se fue. Gemma sonrió, era como vivir puerta con puerta con un hada madrina. Solo que en vez de cortarte el rollo cuando dan las doce, te prepara un mojito y unas pringles sabor vinagre y sal. Se sacudió las botas antes de entrar al portal, frotó las suelas en el felpudo de goma y esperó al ascensor sonriendo por estar y, sobre todo, por sentirse en casa.

Al calor del fuego (una costumbre que desde hacía años no pisaba aquella casa, pero que ahora había retomado) siguió sacando brillo a sus herramientas de forma escrupulosa. En unas pocas semanas se habían convertido en algo tan familiar como extraño le parecía ahora salir de casa sin ellas. Dando un último vistazo al bisturí lo colocó alineado en paralelo con el borde del paño blanco sobre el que iba depositando los utensilios que ya había limpiado. Tomó las pinzas y comenzó a desinfectar la superficie ya brillante. Daba igual si eran usados o no, debía tratarlos con el mimo y la dedicación que requerían. La danza de las llamas dibujó por un momento motas escarlatas sobre la superficie pulida, haciendo que su memoria volviera a aquellos días en los que dejó de ser niño. Esos días en los que descubrió que debido al pecado cometido antes de nacer, cualquier atisbo de felicidad le sería arrebatado. Después de que su madre arrancara los ojos al pobre Tizón y que ellos volvieran del taller de don Agustín Riverseca con la promesa de que su perro estaría de vuelta con ellos, la ira cayó sobre la casa. Su padre, tan sereno siempre, había gritado a su madre y ella respondió con silencio y miradas de asco y odio. Su progenitor empezó a dormir en el estudio y amenazó a su esposa con internarla en un manicomio si no corregía su comportamiento. En el tiempo convenido Tizón estuvo de vuelta y su porte orgulloso y elegante adornó el salón junto a las piezas que había ayudado a cazar. El taxidermista, ante la insistencia de Caín que no quería que sustituyeran los ojos de su perro por unos de mentira, dejó las cuencas vacías, para, al poco tiempo, darle una sorpresa. En uno de los almuerzos dominicales, mientras oían repicar las campanas de la catedral con una fuerza ensordecedora durante unos minutos que parecían eternos, don Agustín le tendió una cajita. El cierre dorado de bisagra contrastaba con la madera de cerezo pulida. Miró sin comprender a su padre y al taxidermista, como pidiendo permiso para abrir aquella caja rectangular del tamaño de una cuartilla. Ambos hombres asintieron con una sonrisa y pasando los dedos con reverencia por el cierre, este se abrió con un ligerísimo click. Al levantar la tapa, unos ojillos le devolvieron el saludo tras el cristal. Los ojos de Tizón, los que él recuperó del suelo de la caseta, volvían a él. Sonrió entre lágrimas. El dolor aún era muy reciente y dio las gracias.

—Así la pieza tendrá los ojos originales como tú querías, hijo —dijo don Agustín—. También he puesto algunas esferas de recambio por si acaso el tiempo las estropea.

Los dedos huesudos señalaron una pequeña cinta de raso que asomaba de entre el almohadillado que sustentaba los ojos. Al tirar de él descubrió un doble fondo con tres pares de esferas más, pegamento y un bote adosado al lateral de líquido conservante. El señor Riverseca no lo sabía, pero en aquel momento él le había dado un presente que marcaría su vida para siempre.

El cuello le crujía como una carraca. Es lo que tiene pasar la noche en un sofá viejo en vez de la cama que tenía en su piso a ¿cuántos metros? ¿Seis si no contaba las paredes? Joyce se había apiadado de ella y la dejó dormir cuando cayó rendida tras el atracón. Con la tripa llena, el olor a sándalo y clavo, y Kiss hecho un ovillo en su regazo los ojos se le cerraron solos. Para cuando despertó, tenía una bandeja con hash browns y setas a la plancha esperándola junto a un buen tancazo de café. Ni su vecina ni su perro estaban a su alrededor, según la nota que habían dejado estaban dando su paseo matutino. Con la tranquilidad reinante decidió por una vez no desayunar con prisas y darse un pequeño respiro, seguro que dentro de nada lo iba a necesitar. Tras desayunar recogió todo, fregó los platos y se fue a su piso a ponerse el traje de batalla.

Como para compensar de alguna manera hoy había llegado antes que él. La mujer agitó su mano embutida en un mitón rosa fucsia en cuanto le vio acercarse. Kiss, la bola de pelo blanco que parecía el desorden hecho carne, se entretenía siguiendo los vaivenes del columpio en el que se mecía una chica con un chubasquero verde y unas botas de agua negras. No parecía tener más de catorce años. El pelo lacio y negro caía sobre su rostro ocultando su forma redonda y su piel blanca y pecosa. Jugueteaba con el perro con la alegría despreocupada de un niño pequeño bajo la atenta mirada de Joyce.

—Morning my friend! ¿Cómo has estado? saludó con su característico acento inglés.

Aún escocido por su ausencia la tarde pasada murmuró un corto «bien» que la otra tomó como una invitación a la conversación o, más bien, al monólogo. Capturado por los juegos y risas que estaban justo frente a él perdió el hilo de lo que la señora Summers estaba contando. ¡Aquella muchacha le recordaba tanto a sí mismo años atrás! Hasta que un silencio expectante se cernió a su alrededor con tono acusador. Miró a su derecha para encontrarse con unos ojos azul pálido interrogantes. Se disculpó por su falta de educación ante lo cual la mujer rio:

—Don´t worry darling, puedo ser como cotorra a veces y no me doy cuenta. Desde que murió mi Arthur aprovecho cualquier ocasión para hablar, aunque eso aburra a la compañía.

Caín esbozó una sonrisa escueta de disculpa mientras la mirada de la mujer inglesa estudiaba su rostro.

—¿No has dormido bien my friend? —preguntó en tono preocupado—. Te ves pálido, más de lo normal…

Él se apresuró a asegurarle que estaba bien, solo era falta de sueño y ella le miró con compresión:

—Yo también duermo mal, esas muertes… Pobres almas…

Caín se tensó como la cuerda de un arco a punto de disparar por si había algo en él que le delatara, pero la mujer, poco dada a ahondar en tristezas o sensaciones dolorosas, cambió de tema con rapidez. La conversación siguió el rumbo acostumbrado. En un momento, la chica que jugaba con Kiss se puso alerta como un cervatillo al oír un ruido extraño. Había visto aquella reacción muchas veces cuando iba de caza con su padre. Era la reacción de una presa cuando sabe que un depredador está cerca. Cogió la mochila del suelo, dejó que el pelo la cubriera la cara y echó a andar a paso acelerado hacia la catedral. Enseguida supieron por qué. Un grupo de chavales, parecían algo más mayores que ella, se acercaban a los columpios haciendo ruido y pavoneándose. En unos instantes ocuparon los asientos de goma empujándose unos a otros ante el gesto torcido de Caín. Sin que se dieran cuenta Kiss se había acercado al grupito con su curiosidad inocente en busca de un nuevo compañero de juegos. El perrillo dio un saltito y apoyó sus patas juguetón en la pierna de una de las chicas, manchando con algo de barro los leggings de esta. Haciendo un movimiento artificial, la muchacha se apartó el pelo castaño con mechas rosas de la cara. Después, al ver la carita sonriente del perro y componiendo un gesto de infinito asco, le escupió el chicle que estaba mascando a un confundido Kiss que no entendía muy bien qué clase de juego era ese. Con un grito la señora Summers les llamó la atención pero el resto de chicos, riendo, imitaron el gesto de la chica y echaron a correr empujando e insultando a Caín en su huída. La mujer les soltó una retahíla de advertencias en inglés a la que la chica de las mechas rosas respondió haciendo el gesto de una mamada y pasando la lengua por el aro metálico que llevaba en el labio. Caín tendió un pañuelo a la mujer para que retirara parte de lo que el pobre perro tenía en el pelo mientras su dueña le dedicaba palabras de cariño mezclando idiomas.

—Fucking niñatos! Look what they do to my poor baby! Pero siempre hay un pez más grande y algún día se toparán con uno.

—En eso lleva usted razón… —respondió él aferrando el asa de su maletín.

Al salir de casa para ir al trabajo vio a través del cristal del portal a un grupo de chavales apoyados que, curiosamente, dejaron de hacer lo que estuvieran haciendo en cuanto la vieron salir por la puerta. Todo era la estampa de la normalidad... Si no fuera porque en medio del nutrido grupito una chica de piel pálida y pecosa no apartaba la mirada de la puntera de sus botas de agua. Eso apestaba que tiraba para atrás.

—¿Qué hacéis aquí apoyados? ¿Algo interesante? —dijo como quien no quiere la cosa.

—Disfrutando del buen día que hace, señora —dijo una chica con un aro en el labio y el pelo con mechas rosas mientras el resto intercambiaba risitas.

Así que primero la llama señora, ¡ouch!, y luego la niñata le vacila. «Os vais a cagar, cabroncetes, llevo unas semanas de mierda y esa chica acojonada que sujetais contra la pared es el boleto ganador para que os abone el árbol genealógico de un solo juramento».

—¿Ah? ¿Sí? —contestó Gemma viendo una buena oportunidad para descargar mala leche acumulada—. Pues yo creo que os podéis ir yendo a tomar por culo de aquí si no queréis meteros en líos.

—Uuuuuh, qué miedoooo. —Todos hicieron como que se asustaban entre risitas.... Bien... Momento Batman, criajos.

Poniéndose entre el portal cerrado y la calle sacó la placa y dejó entrever la pistola enfundada en el cinto.

—Ya que tenéis pinta de tener merengue por neuronas os diré que el acoso es delito... De hecho, ¿sabéis en qué único sitio no es delito? En los calabozos de comisaría. Con vosotros se lo pasarían de puta madre nuestros sospechosos habituales… Hace tiempo que no les llevo carne fresca.

Esto hizo enmudecer a la mayoría, pero nuestra heroína del pelo de colores no iba a callarse tan fácilmente:

—No puede ponernos con presos comunes, somos menores, además no estábamos haciendo nada y…

—Y tú le vas a encantar a los de la celda 37, les gustan respondonas. Ya sé que sois menores, a diferencia de vosotros la conexión nerviosa entre los ojos y el cerebro me funciona de puta madre. Pero, ¿sabes lo que pasa? Que estoy hasta arriba de trabajo últimamente y me podría confundir al meteros en una celda… Joder, esas cosas pasan todos los días.

De pronto todos eran corderitos.

—Así que, como ya os he dicho —dijo acercando la cara a la chica de las mechas rosas—, iros a tomar por culo de aquí.

Estampida. Voces y susurros de: «Está grillada, tío, la muy puta está grillada». Centró de nuevo la atención en el animalito asustado que aferraba el asa de la mochila como si su vida dependiera de ello.

—Eh —dijo cambiando el tono radicalmente—, ¿estás bien?

Con un asentimiento nervioso y un par de pasos temblones la chiquilla empezó a andar. No podía dejarla irse así, ¡pero si era más flan que persona! Ya iba a llegar tarde a comisaría y prefería dejarla en casa sana y salva por si tenía un encuentro de nuevo con la panda del cafre. Como si el karma la hubiera escuchado una voz con acento inglés preguntó a su espalda:

—¡Pero si es la amiga de Kiss! ¿Qué te ha pasado honey? You´re sacking like jelly!

Gemma le contó la escena vivida en el portal y le pidió si podía quedarse con la chica hasta que localizara a los padres.

—¡Sin problema! Ahora mismo vamos a tomarnos un chocolate caliente, es lo mejor para los nervios, you'll see. —Y pasándole a la chica el brazo por los hombros, la llevó hacia el arbolado paseo del Espolón, contándole a saber qué historias para hacerla sonreír. Era la magia de Joyce, sabía cómo templarte el alma. Antes de que se alejaran más y casi dándose un bofetón por idiota, alcanzó a la chica y le tendió una tarjeta con su número de teléfono.

—Si intentan algo de nuevo, dales recuerdos de la puta grillada, ¿de acuerdo?

La chiquilla sonrió y eso para ella valía el cielo. Obviamente todas las amenazas que les había soltado eran papel mojado, no iba a meter a críos con delincuentes comunes, pero si con ello conseguía que se buscaran una afición que no fuera dar por culo, habría merecido la pena.

Lo que mataba a una presa cuando cazabas no era la estupidez o la suerte. Era la rutina y el ser humano (con toda su tecnología, cerebro desarrollado y ropa al por mayor) no era diferente. Somos animales de costumbres, quizá no vayamos al mismo abrevadero pero sí al mismo bar o, en este caso, a la misma zona de botellón. Con la experiencia reunida sabía que lo único que tenía que hacer era esperar. Las horas elegidas por su presa y el lugar oculto se lo ponían en bandeja de plata. Se estaba acostumbrando a sonreír… Que hermoso placer… Un placer que no podían arrebatarle como le habían arrebatado otros. Tras la muerte de Tizón y su vuelta a casa todo parecía haber vuelto a su cauce normal. El jardín se veía triste pero él seguía dando el mismo paseo, cada día: mañana y tarde. A veces, sin que nadie lo supiera, se llevaba en los bolsillos los ojos de Tizón. Le atormentaba la idea de que el perro se sintiera preso en aquella casa sin poder correr como tanto le gustaba. Su tacto suave y frío en las manos le hacía compañía durante las horas del día que su padre no estaba. Al volver, tras hacer los deberes y limpiarse de forma escrupulosa, se sentaba frente al animal disecado y acariciaba su pelo una y otra vez mientras le contaba lo que había hecho durante la jornada. Pero aquella calma resultó ser tan frágil como el corazón de su padre. Era tarde, creía que otoño. Recordaba la alfombra de hojas pardas que cubría la hierba del patio. Todo era silencio... Hasta que empezó otra discusión. Ya casi se había habituado a ellas como uno se acostumbra al sonido monótono de la canción estridente de los anuncios de la tele. No le daba miedo, ver a su madre perder le encantaba, le daba cierta seguridad. Sabía que mientras su padre estuviera no permitiría más reproches. Haría de muralla entre esa furia sin límites y él… Hasta que oyó un ruido seco. Abandonó su puesto junto a Tizón en el salón y subió las escaleras con sigilo. Del despacho salían ruidos ahogados acompañados por la luz dorada que se filtraba por la puerta entreabierta. Se asomó con cautela y lo que vio le heló la sangre. Su padre yacía en el suelo, una mano en el pecho y otra se alargaba hacia alguien: su madre quien, inmóvil, le observaba sentada en la silla con el rostro de quien está en una tediosa sala de espera. Los dedos suplicantes rozaron su zapato pero ella los apartó de una patada. Se quedó helado, los pies clavados al suelo, los ojos como platos. Las pupilas de su padre rebotaban de un sitio a otro como los de un animal acorralado hasta que se cruzaron con los suyos. Alzó la mano temblona y tensa hacia él, y con un último espasmo se quedó inmóvil. Siguiendo la mirada de su esposo su madre le encontró. Abrió la puerta con lentitud y le dijo en un venenoso susurro:

—Mira lo que has hecho.

La vez anterior se había librado pero hoy… Hoy tuvo que afrontar una de las cosas que más odiaba. Ahora mismo envidiaba a Ramírez y su encuentro con los periodistas. ¿Sería muy tarde para cambiarle el puesto? Sus pies parecían bloques de plomo. La puerta de un anodino verde oscuro, una frontera que no quería cruzar. Con la anterior víctima, Carmen Itugarde, bastó con una llamada de teléfono. La relación con su familia era la que era y no hubo llantos ni reproches. Antes de pasar a la sala en la que la esperaban los padres del chico tomó aire y lo soltó unas cuantas veces hasta rebajar sus pulsaciones. ¿Qué iba a decirles? En esta ocasión los ojos los habían sacado antemortem, aunque por fortuna se habían encontrado rastros de cloroformo en la víctima, cruzaba los dedos para que el pobre chaval no hubiera sentido nada, que hubiera muerto mientras estaba inconsciente. Ya había zonas de internet que empezaban a murmurar teorías, cada cual más macabra: sectas satánicas que se alojaban en los sótanos de la catedral (¿La catedral tenía sótanos? Ni idea, a saber), juegos de rol (ya estamos… Por esa regla de tres ella tenía que estar en Arkham), mafias dejando su marca… Se imaginaba lo que tenía que ser para aquellas dos personas. Aferrados de la mano, a la espera de que les dijeran algo, cualquier cosa que mitigara el dolor, que se lo explicara… Y ella no tenía nada que ofrecerles más que unas cuantas frases hechas. Necesitaban a alguien a quien culpar y teniendo en cuenta que de momento la investigación iba de callejón sin salida en callejón sin salida, sabía perfectamente quién iba a ser el chivo expiatorio. Dilatar la espera no iba a hacer que todo fuera mejor, abrió la puerta y entró al cuarto en el que dos personas de mediana edad la miraban con ojos aguados y suplicantes. En sus rostros podía ver los rasgos de la víctima, Enrique Sánchez, como si hubieran acordado a la hora de crearle repartir su genética hacerlo a partes iguales. Se presentó, les ofreció sus condolencias y preguntó si necesitaban beber o comer algo. Les advirtió que aquello no iba a ser fácil, pero que necesitaba hacerles algunas preguntas. Les dijo que se tomaran su tiempo, no había prisa. Si necesitaban un descanso, ella lo entendería. La pareja asintió, aferrándose las manos como si fueran a perderse si se soltaran. Su parte más profesional dijo: «Empecemos» y tenía razón, no había forma delicada de hacer esto, así que cuanto antes pudiera decirles que habían terminado, mejor.

Las vistas de la ciudad eran magníficas, sobre todo de noche, con los monumentos iluminados como velas en una tarta de chocolate negro. Mientras el viento desordenaba su pelo, se preguntaba por qué nunca había subido allí. Si lo había hecho, desde luego que no lo recordaba. Sobre la balaustrada del mirador un mapa hecho de metal retaba a encontrar con la mirada los monumentos representados en relieve. Durante unos instantes, para entretener la espera y llamar menos la atención, se dedicó a ello. La gente iba pasando a su alrededor. Algunos camino al bar situado a su derecha, otros esperando que empezara la función de teatro que estaba a punto de comenzar en el interior del castillo. Pero ninguno de ellos le interesaban. Él sabía lo que buscaba y sabía dónde encontrarlo. Ahora solo le faltaba el cuándo. Justo a la entrada del castillo, al final de la cuesta y un poco apartado de la terraza del bar que imitaba un antiguo vagón de tren, se situaba una zona de columpios rodeados de hierba y circundados por una arboleda. Era entre esos troncos resinosos de donde salían risas adolescentes, gritos esporádicos y bromas. La zona favorita de la gente joven para hacer botellón. Ahí, justo ahí se encontraban, como lechuzas escandalosas, insultando, ensuciando… Y él esperaba. Sabía qué voz era la que le pertenecía. Sabía dónde situarse cuando esta cambiara de posición. La mano izquierda que aferraba el maletín apretó el asa con fuerza, haciendo que un sonido chirriante saliera del guante de vinilo que llevaba bajo el de cuero marrón. Tan rodeados de gente que nadie vería nada. Tan silencioso que el ruido circundante le camuflaría. Él haría su trabajo, ellos pedirían sus copas y se irían a casa sin saber que pasaban cerca, muy cerca… Una peculiaridad que le excitaba sin poderlo remediar. Acomodó mejor la mascarilla oculta bajo la bufanda negra. El viento acercó un grupo de voces, su cabeza giró hacia ellas como la de un depredador. Casi estaba salivando. «Es hora», se dijo bajando la cuesta de cemento y girando a la derecha hasta adentrarse en la zona arbolada. «Ya vienen».

Al hacer una pompa con el chicle de fresa se le quedó pegado un pelo por culpa del viento.

—¡Qué asco! —dijo mientras lo escupía al suelo.

Aquella noche tenía que despejarse. Por mucha poli que fuera la tipa que les interrumpió en el portal no podía estar en todas partes y un madero tiene cosas mejores que hacer que hacerle de guardaespaldas a aquella cría, ¿no? Dejaría que pasara algo de tiempo y después le daría un puto escarmiento a la mosquita muerta. Debía tener claro cuál era su sitio. Aquella noche le estaba resultando frustrante. Pablo no le hacía ni puto caso y hace dos minutos vio cómo su lengua entraba en la boca de Luisa. Casi le entraban arcadas solo de pensarlo. Goyo estaba muy pesadito, se había pasado la noche intentando meterle mano y cuando ella le había bufado por cansino, cambió de táctica y le pasó la botella de cocacola llena de calimocho cada dos por tres. Si pensaba que haciéndole pillar un pedo iba a bajarse las bragas estaba jodido. Había hecho como que bebía las últimas tres veces, aunque cuando se levantó del suelo lleno de pinaza, notó que iba algo perjudicada. Al ver que se tambaleaba Goyo se hizo el caballero andante y la agarró aprovechando para pasarle la mano por el culo.

—¡Quita ya, cojones! —gritó mientras le daba un empujón que hacía que el otro terminara en el suelo de culo ante la risa general.

—Zorra —susurró el tipo mientras se sacudía los pantalones y empezaba a bajar la ladera.

Luisa se acercó para preguntar si estaba bien. A lo que ella respondió:

—Límpiate el zumo de polla de la boca antes de hablarme.

Maldita guarra... Con sus ojitos verdes y el pelo rubito de bote... Si Pablo le hacía caso era porque sabía que ella se iba a dejar magrear como le viniera en gana. Qué ascazo de semana, joder... Ya solo tenía ganas de irse a casa. En parejas o en grupitos la peña empezó a bajar la ladera entre los árboles. Ella se quedó algo apartada, todas las ganas que tenía de irse de fiesta se habían ido a tomar por culo. Sentía la cabeza como algodón y tenía la lengua espesa. Rebuscó en su bolso bandolera otro chicle de fresa y al no encontrar ninguno, le dieron ganas de tirarlo cuesta abajo. Unas ganas de llorar que no sentía desde que era una cría le congestionaban la nariz y le nublaban los ojos. «Genial, pensó, ahora encima se me va a joder el maquillaje». De pronto, como si su cuerpo quisiera recordarle todo lo que había bebido, le entraron unas ganas enormes de mear. Dando trompicones entre los árboles se alejó un poco del grupo, buscó un pañuelo de papel y bajándose los pantalones y la ropa interior se acuclilló apoyándose en un tronco para mantener el equilibrio.

Escuchó unos pasos a su espalda y bufó irritada:

—Goyo, si te acercas te juro que te meo encima, imbécil.

Un mano con un guante azul y un pañuelo blanco con olor dulzón fue lo último que vio antes de perder el conocimiento.

Casi hubiera preferido que le gritaran, no podía quitarse de la cabeza aquellos rostros suplicantes desde los que la víctima parecía gritar: «¡Ayúdame!».

Se sentía impotente, inútil, hueca… Revolvió los papeles desperdigados por su mesa en busca de algo por mínimo que fuera. Un ligero hilillo del que tirar. Solo eso, nada más… «Si esto fuera una serie, se dijo, ahora aparecería un macizorro del laboratorio diciendo que han encontrado algo estupendo y maravilloso. Yo diría una frase épica y tras una captura espectacular, el caso estaría resuelto». Se pasó las manos por la cara como si así pudiera borrar toda su frustración de un plumazo. La inactividad le sentaba mal, así que decidió proseguir, aunque solo fuera otro callejón sin salida. Necesitaba hacer algo y revolcarse entre café malo y autodesprecio, no iba a llevarle a ninguna parte. Tomó el papel con los datos que le había facilitado la ETT. Aún tenía dos nombres sin tachar en la lista e iba a quemar hasta el último de sus cartuchos. Buscó en Google Maps la primera de las direcciones, se puso el plumas negro y tras darse una autopatada en el culo salió a la calle: «Está bien, cabrón… Si tú sales de caza, yo también».

El sol calentaba como si hace tan solo unos días no hubiera caído una nevada que colapsara la ciudad. Lo disfrutó mientras andaba de camino hacia la última casa de la lista ocultando como podía una sonrisa socarrona. En la casa anterior no habían contratado a Carmen Itugarde porque la pillaron en una situación «comprometida» con el anciano en plena entrevista… No perdía el tiempo la amiga. Tras soltar una pequeña carcajada se sintió mal. No debería bromear sobre aquello. Era irrespetuoso y… Qué cojones, no podía quitarse de la cabeza la imagen de la chica cabalgando al viejete en plan estrella porno. El hijo, al descubrirles, debió flipar en colores. Volvió a echar un ojo a la pantalla del móvil. Ya no le quedaba mucho. Por la zona, quien quiera que fuera el que ofrecía el puesto de cuidador debía andar bien de pasta y, desde luego, eso debió pensar la primera víctima al presentarse para el trabajo. El barrio de la Castellana estaba repleto de casas unifamiliares a dos pasos del centro. Un lugar tranquilo, con poco tráfico una vez te adentrabas en sus calles y con aceras pobladas de árboles de troncos gruesos. Aunque algunas de las viviendas presentaban ciertos signos de deterioro, la mayoría lucía estupenda. Es la clase de sitio en el que en vez del dueño te abre una sirvienta con cofia blanca y un sueldo de mierda. Esquivando las raíces de los árboles que en ciertos tramos se negaban a cederle paso al pavimento y consultando su móvil por si se pasaba la puerta correcta, le entró un mensaje de WhatsApp. Era Lorenzo. Que si luego se pasaba por la tienda a recoger los cómics que había encargado y, de paso, comían algo. ¿Por qué no? Por muy divertida que hubiera sido la primera visita de aquella mañana, seguía sin haber conseguido nada y esta segunda tenía pinta de que iba por el mismo camino. Además, la tienda en la que trabajaba Lorenzo pillaba a quince minutos andando como mucho y tenía unas ganas bestiales de zamparse algo grasiento e insalubre… Como pizza… O donuts… O pizza sobre masa de donut, lo que pillara primero. Contestó un ok, le dijo la hora aproximada a la que se pasaría y siguió mirando a su alrededor en busca de la última dirección de la lista.

Había dormido muy poco. Casi estaba tentado de volver a apoyar la cabeza en la almohada. La operación bajo el mirador de la ciudad había sido rápida, pero en casa prefirió tomarse su tiempo para disfrutarlo… Y después limpiarlo todo de forma meticulosa, salvo la chimenea y sus cenizas, eso lo había dejado para el día de hoy. La falta de luz y el agotamiento no eran buenos compañeros y el empuje inicial del entusiasmo había cedido tras terminar con las tareas más gratificantes. Le costó no dormir en el mullido sofá de su estudio. Qué curioso… Ahora era su estudio, no el de su padre… Había tomado posesión de él… Quizá debería hacer lo mismo con el resto de la casa. Sus pensamientos fueron interrumpidos por el sonido del timbre. Hacía tanto que no lo oía que le costó reconocer que pertenecía a la casa. Por suerte, ya había retirado los zapatos y calcetines sucios de la puerta tras su paseo matutino. No quería que quien fuese se llevara una imagen desaliñada de su vivienda. Escudriñó su rostro en el espejo de la entrada, devolvió un pelo rebelde a su posición correcta y abrió la puerta.

—Buenos días, caballero —dijo una chica rubia, bajita y vestida de negro esgrimiendo una placa de policía—. ¿Le importa que hablemos un momento?

Años de autorepresión acudieron en su ayuda. Esbozó una sonrisa cortés e invitó a la señorita a pasar evitando en todo lo que pudo la cara de frustración cuando aquellas botazas de suela gruesa pisaron el parqué y la alfombra. La guió hacia el salón comedor y le ofreció una bebida caliente con el corazón latiendo tan fuerte que se preguntaba si la otra podía oírlo. Ella declinó la oferta tomando asiento en uno de los sillones forrados con tela de flores que miraban hacia la colección de trofeos de caza de su padre que parecían observarles desde sus ojillos de cristal. Caín tomó asiento en el otro sillón y preguntó a qué era debida aquella visita.

—Seguro que no es ajeno a los sucesos que ha sufrido esta ciudad los últimos días —comenzó la mujer mientras él asentía, negarlo habría sido estúpido en grado sumo—. Bien, mi nombre es Gemma Calderón y soy una de las encargadas en investigar este caso.

La mujer hizo una pausa mientras sacaba una carpeta de su mochila de tela negra (ese parecía el color reinante en ella y, en cierto modo, le agradaba aquella monocromía, le daba cierto aire… ordenado). Tras encontrar lo que buscaba entre las hojas de cartón color crema, le tendió una foto. Era ella, Carmen. Con los ojos de un falso color verde. Las mechas de un falso color rubio. Los labios de un falso color rojo y, por supuesto, la sonrisa… Falsa, como todo en ella. La sostuvo entre los dedos y fingió examinarla mientras la policía decía:

—Su nombre es Carmen Itugarde, no sé si se acuerda de ella pero hace un tiempo se presentó aquí para una entrevista de trabajo.

—Era para cuidar a mi madre —respondió Caín devolviendo la foto a la policía—. Y a mi madre no le gustó para el puesto.

La mujer esbozó una sonrisa torcida, como si él acabara de contar un chiste.

—¿Por algo en particular? —preguntó mientras una luz traviesa bailaba en sus pupilas color café—. Y antes de que me responda, señor… —consultó su nombre en uno de los papeles que llevaba consigo— Reyes, déjeme decirle que sé muy bien la clase de «trato» que buscaba la señorita Itugarde al acudir a su anuncio.

Su máscara de indiferencia se resquebrajó ligeramente pero la recompuso con facilidad para responder:

—Entonces sabrá por qué no la vimos capacitada para el puesto.

Los ojos de la mujer se entrecerraron, como si evaluara el presionar más en esa dirección. Por fortuna no lo hizo y notó cómo su cuerpo se relajaba un poco. A aquello le siguieron las preguntas de rigor sobre qué hacía a esa hora ese día, si había vuelto a ver a la víctima… Agradeció el no haber tenido contacto telefónico con ella más allá de la entrevista. Siempre quedaban para la cita siguiente la vez anterior. Aquello había eliminado posibles huellas que condujeran en su dirección. Mentalmente se aplaudió por ello. Con cada mentira que soltaba se sentía más seguro, parecían salir de su boca de forma natural y, al final, hasta disfrutó de aquel pequeño juego. Cuando la entrevista terminó, la mujer metió de nuevo los papeles en su carpeta y esta en la bolsa de tela negra. La acompañó a la puerta y, al despedirse, la mujer dijo tendiendole una tarjeta:

—Por si recuerda cualquier cosa, algún detalle, lo que sea.

Él tomó el rectángulo de cartulina con su nombre y datos de contacto bajo el escudo del cuerpo de policía prometiendo que así lo haría. Estaba a punto de cerrar la puerta cuando la mano de ella, rápida como una serpiente, se lo impidió:

—Señor Reyes, hay veces que hacemos cosas, cosas que nos avergüenza admitir. Pero todos somos humanos y no voy a juzgarle por ello. Si hay algo… Algo que no se atreva a contarme pero que crea que ayudaría en la investigación le doy mi palabra de que no se hará público. ¿Entiende lo que quiero decir?

Por un momento pensó que ella sabía... Pero su lógica le decía que si así fuera, hubiera venido con una orden de registro, no a hacer un par de preguntas, así que simplemente se despidió con un:

—Le prometo que así lo haré. Que tenga un buen día.

Y cerró la puerta intentando evitar toda brusquedad innecesaria. La observó cruzar el jardín hasta la puerta de madera de la valla a través de las cortinas de la ventana del salón. Durante algún momento de la entrevista había estado tentado de hacerla suya. Sus herramientas estaban allí y una vez doblegada no habría sido difícil… Pero ella se había mostrado educada y tan ciega como los cuerpos que había dejado tras de sí. No preguntó sobre la segunda presa, tampoco sobre la tercera… ¿La habrán encontrado ya o todavía no sabrían de su existencia?

Aquel tío ocultaba algo y ella apostaba a que era una relación con la primera víctima. Aquel niño de mamá no lo iba a admitir. Quizá fuera un caso parecido a los que entrevistó por la mañana. Quizá su madre le pilló con los pantalones por los tobillos y diciendo: «Mami, esto no es lo que parece» y por eso Carmen Itugarde no resultó «válida» para el puesto. De lo que ya tenía más dudas es de si eso ayudaba en algo en el caso o no. Al fin y al cabo, tenía pinta de ser un nombre más en la lista de aquella mujer. Eso no le convertía en asesino y entre las pertenencias de la víctima se habían encontrado un par de vídeos subidos de tono (uno de ellos con el señor Arnaiz como protagonista), pero de Caín Reyes... Nada. Una llamada más de ella a él tras la entrevista, pero, después de eso ni rastro. En el historial de mensajes se hacía referencia a un pobre tipo del que se burlaba pero concordaban con el chantaje a Arnaiz y en el de llamadas había números de cabina telefónica y alguno de bares o restaurantes... Aquella vía estaba agotada y por lo que Ramírez le comentaba, lo del jabón estaba siendo una pérdida de tiempo. El modelo que encontraron en casa de la víctima era de los más comunes y debido a su bajo precio se vendía como roscas. Como darse cabezazos contra las paredes, exactamente igual. Estaba cansada, un cansancio más mental que físico, y no podía quitarse el olor a desinfectante de esa maldita casa. Llegó a la calleja estrecha en la que el cartel de la tienda de cómics le daba la bienvenida. Se quedó unos minutos mirando el escaparate abarrotado haciendo esfuerzos para sacarse la cara de amargada que llevaba encima. Después de un par de minutos de mirar cada pieza, enamorarse de todas y recordarse que no podía comprarse ninguna aquel mes, accedió al local. A esas horas del sábado por la mañana estaba abarrotado. Varias personas se agolpaban en las mesas jugando al Magic, otros rebuscaban entre cómics, libros y figuras. Localizó la alta silueta de Lorenzo junto a las estanterías de manga atendiendo a un par de chicas. Como si este sintiera los ojos de Gemma alzó la cabeza, saludó con la mano y dijo:

—Dame un minuto.

Ella asintió y se puso a mirar las camisetas para hacer algo de tiempo. Empezaba a plantearse si era tan necesario pagar la factura de la luz de ese mes al ver una camiseta de Zelda cuando Lorenzo se le acercó.

—Buff, hoy es un puta locura. ¿Renovando el armario?

—¿Vas a comisión? —bromeó ella.

—Solo si tengo que pagar yo la comida. ¿Lista? —y al ver que ella asentía continuó—: Pillo tus cómics y nos piramos, que mi turno acaba en tres... dos… uno… ¡Tatatachaaaaaaan!

Con la última palabra había alzado los brazos de modo dramático y varios clientes le miraron divertidos. Se notaba quienes eran los veteranos del lugar porque ni levantaron la vista de lo que tuvieran entre manos. En un par de zancadas de sus botazas Lorenzo se plantó tras el mostrador y sacó una bolsa con un ticket pegado:

—¿Efectivo o tarjeta, señorita? —preguntó con una voz pomposa mientras Gemma y la chica que atendía en la otra caja intercambiaban una mirada de cansancio.

—En tarjeta, capullo.

Lorenzo hizo como si bajara unas escaleras imaginarias para coger el datáfono, pero antes de marcar el precio preguntó:

—Y la camiseta, ¿no te la llevas?

—Te odio —dijo Gemma.

—Es de tu talla.

—Te odio mucho.

—Y no sé si vamos a traer más.

—Pero mucho muchísimo.

—Y tiene el fondo negro…

—Muchísimo de tener ganas de patearte el culo.

—Venga, llévatela y pago yo la comida, tacañona.

Exasperada y derrotada, agarró la percha y la camiseta mientras Lorenzo la miraba triunfante y ella zanjaba el asunto con un:

—Ojalá te la rebane un autobús de leprosos.

Después de discutir a qué sitio ir, al final terminaron en un bar cercano comiendo unas bravas y unos pinchos de tortilla. Tras unos cuantos tragos de cerveza y tres o cuatro juramentos por parte de Gemma Lorenzo dejó de hablar de lo exitoso que le estaba resultando el aplicar sus poderes de Jedi en el terreno del marketing.

—Tu carencia de sentido del humor a veces me perturba —dijo el chico llevándose las manos a las sienes como si le estuviera entrando una migraña.

—Y a mí tu capacidad innata de ser un bocachancla.

—¡Ouch! ¡Eso ha dolido! —respondió él haciéndose el ofendido.

—Imitar a Homer Simpson no va a salvarte.

—No, para eso ya tengo a mi amiga la poli —dijo Lorenzo guiñando el ojo.

—Si confías en mí para salvarte el culo estás jodido…

La cara de Gemma había cambiado radicalmente. Lorenzo, al darse cuenta de por donde iban los tiros, cambió su normal tono jocoso por uno más serio y dijo:

—No confiaría mi culo a nadie más… —y añadió sonriendo—, ni a los de Dodotis.

—Gilipollas —respondió Gemma, pero esta vez sonriendo.

Iba a añadir algo más pero su móvil empezó a sonar. Al ver en la pantalla la llamada entrante se quedó pálida. Ramírez. Descolgó sin apenas ser consciente del gesto.

—Bajo el mirador del castillo. Ven.

Y colgó. Sabía lo que significaba y esta vez le tocaba ir con el estómago lleno. Miró a Lorenzo que le preguntaba con los ojos, incapaz (incluso él) de hacer una broma al ver el tono grisáceo de su cara.

—Tengo que irme.

No necesitaba decir nada más. Salió del bar de forma atropellada y nada más traspasar la puerta notó una mano en el hombro.

—Te lo dejabas —dijo Lorenzo levantando la bolsa con la camiseta y los cómics.

Mierda, no podía presentarse a la escena de un crimen como si acabara de irse de compras. De pronto se sintió una perra por haberse dado un capricho que no merecía. No cuando seguían apareciendo cuerpos. No cuando ninguna pista llevaba a nada. No cuando… El chico interrumpió su tren de pensamiento antes de que descarrilara:

—Mira, hacemos una cosa, no tengo que volver a la tienda así que ¿qué tal si le dejo esto a tu vecina la hippie, aprovecho para que me invite a unas pastas de esas de chocolate orgánico que están tan buenas y tú mantienes tu fachada de tía dura en el cuerpo al no aparecer con esto?

Ella asintió y le dio las gracias mientras con paso acelerado fue a enfrentarse a lo que sin duda era una muestra de su fracaso.

Frustrado y nervioso volvió a casa. Ella no lo entendía. Monstruo. Así le había llamado. Solo otra persona le había llamado así. Lo peor no era el insulto, era que provenía de ella. Ella, que siempre le saludaba con alegría. Ella que era cálida y amable con él… Ella que había sufrido la falta de respeto de esa chica pintarrajeada le llamaba monstruo. Obviamente no sabía de quién estaba hablando… ¿O sería más acertado decir con quién? ¿Habría cambiado algo si ella lo supiera? ¿Cómo habría reaccionado? Una voz en su interior le susurraba que ya sabía la respuesta. La misma voz que le decía que no se lo merecía. La misma voz que le advirtió que debido a su primer pecado, ese pecado que cometió antes de nacer, le arrebataría cualquier atisbo de felicidad. Cerró la puerta tras de sí con tal violencia que los cuadros y el espejo del recibidor temblaron. Subió las escaleras descargando toda su furia en cada pisada. El ritual de limpieza olvidado por el enfado. Al llegar a la planta superior giró a la derecha, hacia la puerta del cuarto más pequeño, esa que Tizón, ciego pero leal, guardaba. Esta vez no hubo caricias para el galgo disecado, ni preparación, sus huellas impías cruzaban toda la casa. Dejó el maletín en el suelo y se dirigió en la penumbra de aquel cuarto sin ventanas a la estantería del fondo. Sabía lo que buscaba, sabía donde encontrarlo. Sus manos febriles dieron con dos frías esferas y sus soportes metálicos. El brillo que desde la puerta entró con él resbaló sobre la superficie revelando dos pupilas negras que le devolvían la mirada. Unas pupilas que en su mente se entremezclaban con unas azul pálido mientras dos voces que conocía muy bien le repetían a coro aquella odiosa palabra: Monstruo.

La historia estaba atrayendo la atención mediática. De momento había podido evitar entrevistas molestas dejando a los periodistas ante un impasible Ramírez. El que consiguiera un artículo de la montaña inamovible se merecía el Pulitzer. Aunque ¿para qué necesitas respuestas cuando puedes crearte una historia cojonuda tú solito? Echó un vistazo al periódico del día. En portada, en letras grandes y chillonas se leía: «Rainbow Eyes ataca de nuevo». Gemma maldecía su suerte. Rematando una sarta de chorradas como la copa de un pino resaltaba un nombre en cursiva, Carlos Diez Plana. Eran viejos conocidos. Aquella víbora disfrazada de mosquita muerta mucho estaba tardando en salir de su madriguera para sacar tajada. Según su teoría, la ciudad estaba sufriendo los ataques de un coleccionista (sí, así, tal cual) de ojos. Como si de una novela victoriana se tratara el ¿periodista? buscaba sus quince minutos de fama a base de promover el pánico entre los ciudadanos excusándose en que «cumplía con su deber como informador». Gemma tiró el periódico como si alejarlo físicamente de ella fuera hacerlo desaparecer. Siguiendo con la descabellada historia, Diez Plana decía que el color de los ojos de las víctimas, cada cual diferente y hermoso, era lo que el asesino buscaba. Hacía un repaso con un rigor fingido resaltando la belleza de los ojos del chico, de un color «negro como la noche». De los de la primera víctima, Carmen Itugarde, «verdes como un océano de trigo»... ¿Verdes? ¡Si llevaba lentillas, imbécil! Y de los ojos «azul mar embravecido» de Belinda Gómez… La última víctima. Parecía descabellado pero la gente lo estaba creyendo. ¿Por qué? Porque necesitaban respuestas y nadie más se las daba. Una vocecilla muy impertinente dentro de su cabeza le recordaba que eso era culpa suya. Hace unas horas, cuando llegó al lugar del crimen y vio el cuerpo con las bragas y los pantalones a la altura de los tobillos se temía que el asesino hubiera decidido aumentar sus aficiones pero, por fortuna, los compañeros del laboratorio le habían dicho que no había ningún indicio de violación. Suspiró aliviada… Como si no fuera suficiente que te quitaran los ojos como para encima… Sacudió la cabeza y decidió centrarse en lo que sabía. El cuerpo fue encontrado por la mañana por unos turistas que decidieron tomar un atajo entre los árboles para subir al mirador junto al castillo… Entre estos y los peregrinos que encontraron el anterior dentro de poco los únicos visitantes que iba a conseguir la ciudad iban a ser los chalados adictos a la casquería. Los ojos habían sido extraídos de la misma manera, dos flores pulposas con pétalos de piel y músculo la miraban desde la fotografía. El centro de los mismos estaba taponado con tierra extraída del propio lugar para evitar el exceso de sangre. Sus cosas habían sido dispuestas de forma pulcra cerca del cuerpo: el bolso, el paquete de clínex, el móvil… ¿Qué clase de persona ordena los objetos personales de sus víctimas y luego las deja medio desnudas? Los mismos rastros de cloroformo, los mismos cortes limpios. Se había encontrado un alto alcohol en sangre en la chica. Por la zona parecía que estaba de botellón con unos amigos los cuales ahora lloraban a moco tendido en una de las salas bajo la atenta mirada de Ramírez. «Mucho llorar ahora, pensó, pero desapareció toda la noche y ni os enterasteis». No estaba siendo justa y lo sabía. El resto de chicos no tenía la culpa de que un psicópata andara suelto por la ciudad. Antes de hablar con los chavales le tocaba hablar con los padres. Resopló con fuerza, casi como cogiendo carrerilla, tomó su block de notas, un boli y fue a su encuentro. Tras la misma puerta en la que hace no mucho la esperaban los padres de Enrique Sánchez, ahora la esperaban los de Belinda Gómez. Notó la tensión de los cuerpos por sus siluetas tras las persianas de tiras de plástico que cubrían el ventanuco rectangular. Resoplando por última vez, como cuando vas a lanzarte a la piscina desde una gran altura, tomó el pomo de la puerta y entró y, de pronto, recordó de qué le sonaba la cara que había visto en el archivo… Era la misma chica que vio en su portal el otro día, la que le contestó de malas maneras cuando le dijo que dejara en paz a la otra chiquilla. El descubrimiento la pilló con la guardia baja y solo a base de patadas mentales en el culo pudo sentarse frente a la pareja que se removía incómoda delante de ella y comenzar con las preguntas.

Tras permanecer un rato en la penumbra de aquel cuarto decidió recomponerse. No porque se sintiera mejor sino porque debía. Horrorizado consigo mismo miró a sus pies cubiertos con los zapatos de andar por la calle. Se imponía una penitencia. Necesitaba limpiar la casa de arriba a abajo y recapacitar… Necesitaba pensar cuál debía ser su próximo movimiento. Pero, debido a los acontecimientos del día, la maldita palabra llenaba su mente y con esa palabra venían los recuerdos.

Cuando su padre murió todo volvió a ser como antes de que le encontrara llorando en el armario. Solo que esta vez sabía que nadie vendría a ayudarle. No salía de casa. No comía más que lo indispensable. Dormía las horas justas y después, hacía penitencia pues, como le recalcaba su madre a cada paso, todo era culpa suya.

—Primero te llevaste a tu hermano, vampirizándole dentro de mi vientre, tomando su alimento porque en tu gula no te bastaba con el tuyo, pero un alma negra como la tuya no iba a detenerse ahí. También te llevaste a tu padre, un hombre simple que se dejó engañar por tu fachada de niño. ¿Sabes por qué murió? Lo sabes… claro que lo sabes, pero hasta a ti te avergüenza decirlo. Murió de un ataque al corazón. Murió porque tú nos hacías discutir y su cuerpo no lo aguantó. Primero tu hermano, luego tu padre… Todo lo que tocas se pudre, lo corrompe tu naturaleza. Caín, tú… tú que mataste a Abel en mi vientre, a mi tierno Abel… Pero no podrás conmigo, yo sacaré esa suciedad que hay en ti, aunque sea lo último que haga. ¡Monstruo!

Desde entonces había intentado ser como debía ser. Siguiendo los dictados de su madre al pie de la letra. Pero esa palabra volvía a él una y otra vez como si formara parte de su esencia: Monstruo... Monstruo… Monstruo…

La cosa no había ido bien. Como Gemma se temía, los padres estallaron ante su falta de resultados. Incluso mencionaron el dichoso artículo y llamaban al asesino por aquel ridículo nombre. Intentó mantener la calma todo lo que pudo por respeto al dolor por el que debían estar pasando, pero cuando el padre la llamó zorra inútil se le escapó (maldita la bocaza suya) que un padre cuya hija no aparecía en toda la noche en casa y ni se preocupaba no iba a darle lecciones sobre responsabilidad. Agotada... Esos días era la palabra que la describía. Agotada. Tras aquel grito que alertó a Ramirez para que entrara y terminara la pelea con su enorme presencia silenciosa se había dedicado a interrogar a un adolescente tras otro. Muchos de ellos con padres que la miraban como si la culpable de todo aquello fuera ella. Como si ella fuera el enemigo. Agotada... Necesitaba una ducha, una larga y caliente. Ramírez, tan parco en palabras como siempre, le había dicho que se fuera a casa. Lo último que necesitaban es que la prensa sacara que una de las policías que estaba en el caso acabó a gritos con los padres de la última víctima... Por el momento. Llegado a tres el número ya se consideraba al asesino como «asesino en serie».

—Felicidades, cabrón —susurró mientras recorría su calle.

De pronto, recordó que no podía ir directa a su casa, Lorenzo había dejado sus cosas en casa de Joyce... Seguro que a la vecina no le importaba guardarlas durante una noche, ¿verdad? «¡Vamos. vaga de los cojones! Son cinco minutos, vas, pasas, saludas, das las gracias y te vas a tu casa a hervirte en la bañera y a dar vueltas sobre el colchón como una puta insomne». Sacó las llaves de su mochila, abrió el portal y se arrastró hasta el ascensor con paso cansino. Al llegar a su planta e ir a llamar a la puerta de Joyce, esta de pronto se abrió dejando salir a un inquieto Kiss y a una abrigada y colorida inglesa que rio por la casualidad.

—Hi honey! ¡Un minuto más y no me alcanzas! El pequeño Kiss no entiende de horarios, cuando tiene que hacer sus cositas, ¡no hay quien le pare!

Gemma acarició la cabeza de aquella bolita blanca revoltosa mientras respondía:

—Pues justo a tiempo entonces, creo que se ha pasado por aquí un amigo para dejarte una bolsa.

—¡Sí, sí, sí! Un chico muy alegre y muy… —Joyce hizo los cuernos con la mano que no sujetaba la correa y sacó la lengua.

Gemma no pudo evitar reír.

—Sí, justo ese.

—Pasa, pasa, ¿dónde lo habré metido?... ¡Aquí está! —dijo su vecina levantando la bolsa como si fuera la copa de Europa para después dársela—. Bueno, y ahora me voy, ¡que this little one se está impacientando!

—Gracias, Joyce, por todo.

La mujer le quitó importancia con un gesto, le dio un beso en la mejilla y respondió:

—Gracias a ti por traer el ascensor hasta nuestro piso. Si tengo que esperar puede que el pequeño Kiss se hubiera hecho pipí encima.

—Quizá sea mejor que te acompañe y… —empezó a sugerir Gemma pero la mujer la interrumpió diciendo:

—¿Y de qué ayuda me ibas a ser si estás medio muerta? ¡Pareces un extra de una de esas series que te gustan tanto hun! A descansar, Chop, chop!

Y sin permitirle discutir, se metió en el ascensor.

Ya era el momento. Aunque los días se alargaban, la noche seguía cayendo en horas tempranas. El maletín pesaba, pero no tanto como esa palabra: Monstruo. Los dedos sudaban dentro de los dos pares de guantes. Una sensación sucia y extraña. Aún no lo había decidido, no dependía de él. Le daría una última oportunidad en honor a todos aquellos días de citas constantes, pero no dejaría que una voz cálida y amable le detuviera. Ya había perdonado mucho por dejarse llevar por los sentimientos, no iba a dejar que volvieran a faltarle al respeto nunca más. La última vez fue el tiempo quien hizo el trabajo por él, pero esta vez contaba con otro recurso, contaba hasta con un nuevo nombre. Miró divertido el periódico. Rainbow Eyes. Titulares desacertados bajo los que se agolpaban teorías absurdas. Pero aquello podría servirle, desviaba la atención… Aunque la visita de la policía… Sacudió la cabeza. Sin pruebas no hay delito y no habrá pruebas mientras siga el orden preestablecido. Antes de salir tomó los ojos de Tizón.

—Un último paseo, como los que dábamos antes —le dijo a los ojos flotantes dentro de sus cárceles de cristal—. Quiero que conozcas a alguien.

Cerró la puerta con llave. Quizá volviera acompañado, quizá no. Como ya se había repetido mil veces, eso no dependía de él.

Estaba por todas partes: facebook, telediarios, periódicos… Grillados de todo el globo empezaban a elucubrar si era humano o un ente sobrenatural. Hasta varios médiums habían ofrecido su ayuda desinteresada… Eso sí, de forma completamente mediática y pomposa. Nada la calmaba, nada la hacía conciliar el sueño. Miró los cómics aún encerrados en su bolsa. Sacó uno e intentó leer, pero a la segunda página le sobrevinieron unas arcadas horribles. No era el mejor momento para ver viñeta tras viñeta de asesinatos. Simple y llanamente no podía. Traían a su mente otras imágenes y el olor… Dejó sus nuevas adquisiciones en la estantería de forma ordenada preguntándose si sería capaz de volver a leerlos o si todo lo vivido lo haría una misión imposible. Pensó en llamar a Lorenzo, seguro que estaba en el bar, quedaba a dos pasos… Pero no le apetecía salir a la calle. Si le llamaba y le decía que tenía cervezas, vendría sin preguntar dos veces pero tampoco quería arruinarle la noche. Las horas pasaron en un duermevela caótico que mezclaba retazos de películas, pesadillas y realidad. Al final, empapada en sudor y con la espalda dolorida de estar enroscada en el sofá, decidió darse una ducha e irse a dormir cuando oyó unos ladridos. No le hubieran llamado la atención si no fueran conocidos. Dudó unos instantes entre ignorarlos y asomarse, pero la curiosidad pudo con ella. En realidad, tenía que admitir que fue algo más que la curiosidad, una corazonada. Algo no iba bien. Kiss no ladraba de aquella manera. Se asomó a la ventana y pudo ver una motita de pelo blanco en el portal… Solo. Escudriñó la calle, ni rastro de Joyce. Cogió su teléfono y llamó. Cada tono tras el cual no obtenía respuesta era como un clavo sobre un ataúd. Con manos nerviosas cogió su plumas y salió echa un torbellino de su piso. «Mierda, se repetía una y otra vez, Joyce no, vamos, joder, ella no». Mientras bajaba en el ascensor con las llaves en la mano y la pistola y la placa al cinto (más vale prevenir que curar), imágenes de una Joyce en apuros daban vueltas en su cabeza como un tiovivo macabro. No. Repetía esa palabra como un mantra. No. No. No… Y por lo bajo, añadía un implorante «Por favor».

Kiss trotaba olisqueando entre las sombras juguetonas de los árboles. En cierto modo le recordaba a sí misma. Inquieto, curioso y vivaz. Si sus años le habían enseñado algo era que parar era equivalente a estancarse y de ahí a pudrirse solo iba un paso. Así que así vivía, básicamente, viviendo. Añoraba a su esposo. Arthur fue el amor de su vida. También añoraba su país pero el tiempo había mermado aquel dolor hasta hacerlo soportable. En España encontró un sol que le calentaba el ánimo, y una casa y unas calles que no repetían a gritos el nombre de la gente que había perdido. Sin hijos, sin más familiares, con solo un cachorrito a su cargo y unas ganas locas de volver a sonreír había hecho maletas e iniciado el Camino de Santiago desde los Pirineos, pero el destino en forma de ampollas y falta de descanso la había detenido allí. Y se enamoró de nuevo. La catedral, la zona de tapas, el sol (y eso que Burgos era una de las ciudades más frías del país)... Todo se había combinado para hacerla sentirse como en casa. Poco había tardado en mudarse. Lo justo para vender su piso, empaquetar sus pertenencias más preciadas y donar el resto para caridad. Asustada y emocionada a partes iguales, aún recordaba aquel vuelo de avión sin retorno con una sonrisa temblona en los labios y un pellizco en el corazón. Esas aceras que le resultaban extrañas ya le eran familiares, como el trazado de sus propias venas bajo la piel pálida. Con lo que le quedaba por viudedad podía vivir sin muchos lujos pero de forma cómoda. Perdida en sus pensamientos no vio cómo Kiss se acercaba a una sombra entre las sombras. Solo la voz la sacó de su letargo:

—Buenas noches, señora Summers.

Sin poder evitar un pequeño brinco entrecerró los ojos para distinguir de dónde venían esas palabras. Allí cerca, en un banco viejo de madera algo astillada, reconoció a su viejo compadre del parque. Puntual, como siempre. Educado hasta lo melodramático, no importaban los años que pasaran y las veces que le pedía que la llamara por su nombre. Fue a sentarse con una sonrisa junto a él dejando que el perrillo, perdido ya el interés en el personaje del banco, vagabundeara de nuevo por los senderos de tierra. Se sentía aliviada de verle allí, así no estaba sola. No quería admitirlo delante de Gemma para no preocuparla pero las muertes en la ciudad la hacían pasear tensa como un resorte... Pero no iba a permitir que un fucking psycho le dijera a qué hora y por dónde debía salir de casa.

—Thanks for the heart attack darling! No deberías ocultarte entre sombras de esa manera como si fueras un...

—¿Monstruo? —le cortó él.

Casi podía distinguir una sonrisa torcida entre el rostro cubierto por las sombras.

Ella soltó una risita algo nerviosa. Había un tinte diferente en la voz de Caín. Algo que sabía como el segundo par de pasos que resuenan tras de ti en una calle desierta. Casi se abofeteó por paranoica. Lo que había leído en los periódicos la estaba trastornando. Se sentó junto a él en los listones de madera mirando hacia los columpios por los que Kiss subía y bajaba imitando a los niños. Se abrazó a sí misma intentando hacer remitir un frío que se había instalado en sus huesos. Fue a abrir la boca para comenzar una conversación que alejara aquellos fantasmas de su cabeza cuando vio que Caín jugueteaba con algo entre las manos. La luz iba y venía bailando sobre la superficie pulida impidiendo que viera con claridad de qué objeto se trataba. Al poner mayor atención se fijó en que eran dos esferas. ¿Una especie de canicas algo grandes? ¿Pelotas anti estrés quizás?

—No ha respondido, señora Summers —dijo el hombre sentado a su lado.

Ella le miró confundida y respondió:

—Sorry darling, a veces el idioma me juega malas pasadas, no oí que me hicieras ninguna pregunta.

Su mirada estaba pegada a aquellos objetos danzandes. Había algo familiar en ellos, pero no conseguía verlos bien. Si tan solo los sujetara quietos durante unos segundos...

—No se preocupe, señora Summers —dijo él con su habitual tono educado y monocorde—. Quizá yo no la formulara de forma adecuada. ¿Cree que soy un monstruo? —Los movimientos de sus manos se ralentizaron dejándola ver un color blanco amarillento en cada bola y algo más, algo con forma circular que le devolvía la mirada y la dejó congelada en el banco, paralizada de terror. Le oyó suspirar con lo que sonaba a decepción y, quizá, cierto tono de tristeza. Para cuando sus piernas reaccionaron, ya era tarde. El cuerpo de él le bloqueaba la luz y un paño húmedo con olor dulzón hizo del mundo una masa deforme. Antes de perder el conocimiento notó sus brazos estrechándola con firmeza y su aliento en su oído mientras decía:

—Soy lo que vuestros ojos han hecho de mí.

La tendió sobre el tobogán de color amarillo. No podría tener mejor cama para reposar por última vez. Lo había visto en sus ojos. El mismo miedo, la misma decepción, la misma palabra. Monstruo. No necesitaba que respondiera a la pregunta, en su rostro podía leer alta y clara la respuesta. En aquel lugar en el que se encontraban, monumento a las risas y al color, la mujer había hecho su elección y, como consecuencia, él había hecho la suya. Aproximó el maletín con el instrumental, guardó en él los ojos de Tizón encajándolos en una funda de gafas que había acolchado para tal efecto. Mientras disponía sus herramientas para comenzar, no pudo evitar dejar rodar una lágrima. No la retuvo, ni la limpió. Las pinzas ya cumplían su función sujetando el párpado y en su mano derecha el bisturí, tan afilado que podía cortar el aire, pesaba como una losa. Dudó un segundo más al ir a dar el primer corte y en ese instante de vacilación, oyó un gruñido bajo. Rápido como una centella Kiss hizo presa de su brazo. Intentó sacudírselo sin éxito, pero el perrillo hizo gala de una fuerza sorprendente para su tamaño. Al final, a base de puñetazos en el lomo, consiguió zafarse de él. Con la respiración agitada y el cuerpo temblando se encaró con lo que hasta hace apenas un minuto había sido prácticamente un peluche. La furia en sus ojos y el pelo erizado duplicaban su tamaño. Los belfos retirados mostraban una fila de dientes de los que colgaba un girón de su gabardina. Apretó el bisturí recuperando al notar su forma familiar algo de firmeza, separó las piernas para ganar estabilidad y esperó. El animal se lanzó a por él de nuevo pero pudo esquivarlo y, al hacerlo, le propinó una patada en el costillar que le hizo chocar contra el tronco de un árbol cercano, haciéndole caer como si de un muñeco de trapo se tratase. Seguido por un gemido lastimero, Kiss se levantó y echó a correr perdiéndose entre las sombras y los árboles. Maldiciéndose por su falta de previsión volvió la mirada hacia el cuerpo tendido de Joyce, se pasó el bisturí de una mano a otra para desentumecer los dedos y volvió al trabajo. No había tiempo que perder.

Corrió como un caballo desbocado, ignorando los pinchazos en el costado debido al sobreesfuerzo. El perrillo parecía marcarle el camino. No. Una negación por cada latido. No. Un ruego desesperado que solo recibía el vacío como respuesta. Sus pisadas retumbaban haciendo crujir la gravilla bajo sus botas. Silencio. El resto eran sombras, silencio y jadeos suyos, de Kiss... No importaba. Por un instante, al poco de entrar en el parque y dejar atrás el cono cubierto de flores que marcaba la entrada, perdió de vista el pelaje blanco del animal. Al volver a verlo paró en seco y gritó, esta vez en voz alta:

—¡NO!

Como si de un escenario se tratara la farola alumbraba una imagen que la perseguía desde que había visto aparecer al perro ladrando en el portal. Con pasos de autómata y la vista nublada por las lágrimas de dolor y rabia se fue acercando. Era imposible no reconocerla. La chaqueta de lana de colores combinaba de forma macabra con el tobogán amarillo que le hacía de cama. Las manos, cubiertas con mitones rosa fucsia, descansaban cruzadas sobre el pecho y, entre ellas, la correa de arcoíris le hacía de burlón ramo de flores. Cayó de rodillas al lado del cuerpo. Sabía que no debía, no podía tocar nada para evitar la pérdida de pruebas, pero no pudo evitarlo. Apartó un mechón canoso de lo que quedaba del rostro de Joyce desde el que le devolvía la mirada unas cuencas llenas de tierra, la misma tierra blancuzca que rodeaba los columpios y como pestañas sacadas de una pesadilla, los párpados cortados, bordeando lo que antaño fueron unos ojos azul pálido sonrientes. Las manos congeladas palparon sus bolsillos en busca del teléfono. Y sin apartar la mirada de aquella pesadilla, hizo una llamada:

—Ramírez. Paseo de la Isla, columpios. Ven ya.

Y colgó.

Había tenido suerte, la ropa se había llevado la peor parte del mordisco. Debido a la temperatura llevaba más capas de abrigo de lo normal. Por su piel solo cruzaban un par de arañazos superfluos que ahora desinfectaba con minuciosidad. ¿Quién iba a imaginar tanta fiereza en un animal tan pequeño? Lamentaba haber tenido que agredirle de aquella manera y admiraba profundamente la lealtad demostrada. Mientras en la chimenea ardían los restos de su gabardina, el jersey y la camisa (infectados y rotos por la boca del perro eran insalvables), contempló su última adquisición. Los ojos flotaban de forma plácida en sus respectivos expositores con sus pupilas azul pálido siguiendo cada uno de sus movimientos. Debido a las prisas había tenido que seccionar en casa el nervio óptico, el cual ahora ardía también junto a las ropas descartadas. No podía permitirse más errores. Sobre el escritorio, apoyadas sobre un paño blanco, sus herramientas recién limpiadas brillaban al compás de las llamas. Al ir a guardarlas en el maletín sus manos tropezaron con un extraño vacío. Repasó mentalmente la lista de objetos que debía llevar y no fue hasta la tercera vez que se dio cuenta. Lo que sus manos y su esquiva memoria echaban en falta era el estuche. Su rostro perdió color mientras volcaba el contenido del maletín sobre la mesa de forma desesperada. Los ojos de Tizón no estaban.

El funeral fue horrible. Notaba las miradas como dagas sobre ella. Y eran muchas, muchísimas. Aunque se había evitado el boom mediático de lo que llamaban «la última pieza en la colección de Rainbow Eyes» (su estómago le daba patadas solo con oír aquel nombre). Joyce es… «era»... se recordó, una persona muy sociable. Sus amigos de clase de zumba, yoga, el club de lectura… Ninguno quiso faltar. Nunca se había sentido tan aislada. Nadie lo decía en voz alta pero no era necesario. Sus rostros lo gritaban: «Ella ha muerto por tu culpa».

La habían retirado del caso. Entre miradas de una piedad que ella aborrecía le habían dado unos días libres. No volvería a participar en aquello. Ramírez, en un alarde de locuacidad impropio de él, le había jurado que cogerían al tipo. Un discurso completo, casi cuatro frases seguidas, aquello debía ser todo un récord. Su parte profesional comprendía a la perfección que estaba demasiado implicada emocionalmente como para formar parte de la investigación. Pero su parte dolida pedía patearle el culo a alguien con la misma sed de sangre con la que un animal herido se retuerce y ataca. Haciendo cola en el veterinario con un deprimido Kiss en el regazo los minutos pasaban de forma atropellada. Los mismos minutos que habrían impedido que Joyce muriera. «¿Por qué no la acompañaste, vaga de los cojones?», se recriminaba una y otra vez. Pese a que Joyce declinó la oferta, ella debía haber insistido. Pero su vecina no iba a aceptar por orgullo y menos aún al verla tan cansada y sabiendo…

—Sabiendo que alguien más iba a estar en el parque.

La señora con traje de chaqueta que esperaba con su periquito en una jaula la miró como si fuera a morderla en la yugular. Gemma aferró a Kiss el cual parecía intuir sus pensamientos. El hombre del parque, el amigo con el que siempre se encontraba cuando sacaba al perro... Misma hora, mismo lugar, daba igual el día. Él tenía que haber visto algo. Debía encontrarle. Miró su reloj. Aún estaba a tiempo de ir al parque. Si aquella persona era tal y como Joyce se la había descrito estaría allí.

Ya habían retirado el cuerpo y varios niños jugaban colgándose de las barras y trepando por una de las paredes de aquella imitación de la catedral. Como si nada hubiera ocurrido, como si la noche y aquella mujer amable hubieran sido devorados por la maquinaria de una humanidad adicta a la continuidad. En cierto modo aquello le aliviaba, detestaba los cambios, casi tanto como se detestaba a sí mismo por su torpeza. Le había sido imposible volver antes al parque. ¿Cómo iba a explicar su presencia a esas horas? No podía ponerse a rebuscar en el escenario de un crimen. Habría sido demasiado sospechoso. Aquella mañana salió de casa casi dando por perdida la funda y su preciado contenido. La voz de su madre, recriminatoria y burlona, susurraba en su oído como una mosca molesta imposible de sacudir. Sus ojos escaneaban la tierra de forma metódica mientras sus pies impacientes recorrían paso por paso la ruta seguida rezando porque algún curioso no se le hubiera adelantado. De pronto, ahí estaba, el estuche de cuero negro y formas suaves descansaba medio oculto por las hojas junto al tronco nudoso y retorcido de uno de los arbustos que poblaban el parque. Al agacharse a recogerlo un gruñido bajo le perforó los oídos y una voz entre jadeante y ansiosa le saludó:

—Buenos días, señor Reyes, ¿dando un paseo?

El hombre se levantó del suelo con un objeto en las manos. Parecía una funda para gafas rígida de un brillante cuero negro. Cada movimiento parecía de una estudiada lentitud.

—Recuperando mis gafas de cerca —dijo depositando aquella funda con parsimonia en el maletín que siempre le acompañaba—. El otro día las perdí al dar mi paseo diario.

Aunque ya era coincidencia encontrar a quien casi contrata a la primera víctima, ¿sería demasiada que también fuera el hombre con quien solía encontrarse Joyce? Kiss, tenso como la cuerda de un arco, empezó a emitir de nuevo aquel gruñido bajo. Puede que su instinto fallara, pero la reacción del perro prácticamente hablaba por sí sola. Hagámonos los idiotas para ver si así conseguimos que se pase de listo.

—Buff... Si yo le contara la cantidad de cosas que pierde la gente... ¿Suele dar por aquí su paseo diario?

Otra vez esa frialdad calculada. Se le notaba incómodo, como a un niño al que pillan al lado del jarrón roto con un balón en las manos. Si mentía sabría que el gruñido de Kiss a lo mejor significaba algo más. Si no... Merecía la pena investigarlo de todas formas.

—Sí, al igual que mucha gente, es un parque muy conocido en la ciudad.

Gemma buscó en su cazadora el teléfono móvil, pasó el pulgar por la pantalla hasta dar con la foto que quería y se lo mostró a Caín Reyes.

—¿Le resulta familiar esta mujer?

Los ojos de aquel hombre gris se nublaron un momento y algo parecido a una lágrima tembló en el borde de sus ojos. Con la máscara de impasibilidad educada rota por lo que parecía un dolor sincero el hombre tomó con su mano enguantada el aparato y se quedó mirando la imagen sonriente de Joyce. Cuando estaba a punto de volver a preguntar él dijo, casi en un susurro:

—Solía verla cada día. Saludaba a todo el mundo. Siempre fue muy amable.

Luego, como si una mano invisible le abofeteara, recuperó la compostura, le devolvió el teléfono y se apresuró en soltar una excusa para largarse. Pero no iba a dejar que se fuera así como así. Estaría hecha un guiñapo pero seguía llevando la placa, ¿no?

—Es muy probable que sepa que fue hallada muerta en este mismo parque. —«De hecho, la encontré yo», estuvo tentada de añadir—. Por lo que sabemos es la cuarta víctima del mismo asesino que mató a Carmen Itugarde.

—¿Rainbow Eyes? —Wooow. Aquello era veneno puro. Juraría que los interrogantes que enmarcaban aquel nombre iban afilados como guadañas.

—El mismo —dijo ella con un suspiro, dejando clara también la opinión que le merecía aquel mote.

De pronto, la vista del hombre cayó en el perrillo, el cual seguía pegado a la pernera de la chica temblando ligeramente y con los colmillos a la vista. Con la voz de nuevo neutra preguntó:

—¿Y usted, señorita?¿Conocía a la víctima o se hace cargo la policía de las mascotas de los fallecidos por norma general?

Miró a la bola de pelo blanco que le hacía de lapa sin entender muy bien a dónde quería ir a parar.

—Era mi vecina, se puede decir que éramos amigas... —respondió con la voz algo rasposa al usar el verbo ser en pasado.

—Tiene que ser duro entonces que ya no pueda seguir con el caso justo ahora, ¿verdad?

Eso había sido un zasca en toda la boca que le había causado un dolor casi físico. Aprovechando el silencio tras el golpe recibido, le dio los buenos días y se largó de allí.

La dieron ganas de abofetearse por su estupidez y tras unos segundos estuvo tentada de seguirle. Podrían haberla sacado del caso pero seguía llevando placa y si veía algo extraño, debía dar nota de ello a sus compañeros, ¿no? Gemma se quedó pensativa. El tipo era un rarito de cojones, de eso no había duda, pero lo que había visto cuando sacó la foto de Joyce era pena… ¿Esa tristeza que era parte de la fachada de señorito correcto? No lo parecía. Que la rehuyera no era extraño, la gente a la que había entrevistado en el pasado tenía tendencia a ello. Si quería dar aviso sobre aquel hombre no podía ir a comisaría, no con corazonadas ni con un perro que gruñía… Y si la excusa de haber sido borde valía, ella estaría cumpliendo condena en ese mismo instante. Respiró hondo, se dio la vuelta y se encaminó a su casa repasando lo que sabía. El encontrarle allí… Bueno, el parque de la Isla no estaba lejos de la zona en la que vivía e iba medio Burgos a pasear por el. Joyce habla… Hablaba… se corrigió de nuevo, hasta con las piedras… Pero algo le raspaba. La reacción del perro no era normal. El chucho era el mimo con pelo. Demasiados peros y sies y quizás… Y quizás por cosas como esta la habían retirado del caso. Una parte de ella quería seguirle hasta su casa y echar un ojo, pero otra estaba tan cansada que solo el pensar en ello hacía que sus miembros pesaran media tonelada. Además, ¿con qué excusa iría? Como bien había dejado claro Reyes, no estaba dentro del caso y aquel hombre no le había dado pie para que se pasara con una caja de pastas a tomar el té de las cinco. Por otra parte, ¿qué había de la forma en que reaccionó al mencionar al asesino? El mote estaba claro que le desagradaba… Su corazón latía rápido ante aquella posibilidad. Puede ser por orgullo herido. Muchos psicópatas tienden a la egolatría y el haber salido en los periódicos con un perfil que no les agradara podría desencadenar en odio... O puede que al leer la prensa piense que esa teoría era absurda y que en realidad aquella muestra de enfado fuera por su ¿conocida? ¿amiga? fallecida. Se apretó las sienes con ambas manos como si con ello pudiera hacer que todas aquellas preguntas e informaciones a medias encajaran. Le puso la correa a Kiss, una de cuerda morada y rosa en honor a Joyce (la antigua se encontraba en el sótano junto al resto de pruebas que seguían sin aportar nada) y salieron del parque con la cabeza a punto de estallar. Encontraría el modo de averiguar si su corazonada era cierta de una forma o de otra.

Por fin estaba en casa. Hasta que la puerta no estuvo cerrada con llave tras él no se atrevió a sacar del maletín el estuche y comprobar si todo estaba como debería estar. Las manos temblorosas y empapadas en un sudor frío dentro de los guantes acariciaron la superficie tersa de forma reverente antes de levantar la tapa. No vio rastros de líquido lo cual era buena señal. Abrió la tapa con lentitud evitando en todo lo posible que movimientos bruscos hicieran caer la funda y destrozaran el contenido. Desde el fondo acolchado con gomaespuma, para su alivio, le devolvía la mirada Tizón.

—Es la última vez que te saco de casa, viejo amigo —murmuró con algo parecido al sentido del humor.

Cerrando de nuevo el estuche lo apretó contra el pecho con la misma fuerza con la que se abraza a alguien que vuelve de un peligroso viaje. Lo depositó con cuidado en el maletín y comenzó su ritual de limpieza habitual antes de atreverse a dar un paso más dentro de la casa.

La descripción dada por Joyce encajaba con Caín Reyes, era, estaba claro, el hombre con el cual se reunía en el parque: estrictamente puntual, maniático… Podría apostar por ello incluso sin tener pruebas. Con el teléfono en la mano dudaba si contárselo a Ramirez o no. ¿La tacharía de paranoica? ¿Qué pensaría ella si recibiera un mensaje así de su compañero?

—Ojalá pudieras hablar, chiquitín —le dijo a un Kiss que estaba llenando de pelos su sofá. Barrió con los ojos el salón en busca de algo, cualquier cosa. Nadie va por el mundo sin dejar huellas, sin perder alguna pista… Era ella la que no estaba sabiendo verla. ¿El último asesinato habría sido igual? No tenía acceso a las pruebas y ya podía hacerse el Camino de Santiago de rodillas que no iban a ceder ni una pulgada al respecto. La normativa era clara y lo comprendía. Cualquier implicación emocional emborronaría su juicio y complicaría un caso ya de por sí difícil. Fue a la cocina a por una cerveza y unas patatas, planteándose si pedir algo de comida basura. Pensaba mejor después de un atracón. Puede que fuera un placebo, pero era su placebo y de momento funcionaba. En busca de las servilletas sus ojos tropezaron con el bol de comida del perrillo casi vacío. Mierda. Se había olvidado de comprarle un saco. Cogió la copia de las llaves del piso de su vecina y se quedó mirándolas. Ya no podría entrar llamando. Ya no la recibirían diciendo «Honey» o «Darling» con aquella sonrisa. Las velas estarían apagadas y el incienso intacto. No habría más carrot cake los domingos con té negro ni abrazos cuando se sintiera triste, ni… Se obligó a parar. Con esa mentalidad no ayudaba a nadie. Con una autopatada en el culo cruzó el descansillo, como había hecho miles de veces antes, y abrió la puerta que estaba en frente de la suya. La propia casa parecía llorar a Joyce a base de silencio sepulcral y el polvo. ¿Cómo era posible que se acumulara tanto en tan poco tiempo? El aire olía a cerrado. En un gesto que le pareció estúpido encendió una de las velas de canela de la entrada y la llevó consigo para no sentir aquel gran vacío. Abrió la puerta de la derecha, la que conducía a la cocina, y rebuscó en el armario alargado del fondo hasta dar con la comida de Kiss. No quería pasar ahí más tiempo del necesario, habría sido masoquismo puro y duro… Y sin embargo… En un arrebato fue hacia su piso, cogió al perrillo en brazos y metió su cargador de móvil en el bolsillo del pantalón. Al entrar en su casa el pobre animal fue buscando de habitación en habitación algo que él mismo sabía que no iba a encontrar. Llenó un bol de agua y otro con comida, hurgó en el congelador y en la nevera, y se hizo un revuelto de setas con cúrcuma, como los solía hacer ella. Se sirvió una buena taza de té y revolvió entre los vinilos hasta dar con uno de baladas que a su amiga le encantaba. Lo puso en el tocadiscos mientras cenaba y oía a Kiss yendo de un sitio para otro. Al terminar de comer y ver que el perrillo no volvía fue a buscarle y le encontró acurrucado sobre la colcha de patchwork del dormitorio. Parecía un peluche tristón.

—Tú también la echas de menos, ¿eh, pequeño? —dijo a aquellos ojillos negros implorantes.

Le palmeó la cabeza y se tendió sobre el colchón con un brazo bajo su cabeza y otro alrededor de Kiss. Y las lágrimas vinieron. Intentó impedirlas, pero no hubo manera. Nada podía detener los sollozos silenciosos que sacudían su cuerpo. Notó la lengua rasposa del perrillo en la cara, le abrazó y se hizo un ovillo alrededor de él. Los minutos pasaron, las canciones se iban sucediendo en el tocadiscos. Cansada por el llanto pero con el alma más ligera se dio cuenta de que frente a sus ojos, en la mesilla de noche, descansaba un cuaderno. Las tapas eran de un simple color morado pero sobre ellas Joyce había escrito una cita de Mahatma Gandhi:

> «Vive como si fueras a morir mañana,
> aprende como si fueras a vivir para siempre».

Sin lugar a dudas si había alguna frase que definiera la vida de Joyce era aquella. Con la curiosidad y la añoranza haciéndole de espuela abrió el cuaderno y se perdió en sus páginas. Fotos, dibujos a mano alzada, flores secas… Era una especie de diario muy hermoso. La caligrafía ladeada y prieta cubría los rincones de cada hoja en tinta morada o verde. Aquellas páginas fueron como un bálsamo para ella, fue como tenerla de nuevo allí. Se vio a sí misma desde otros ojos y no se reconoció. Una sensación curiosa al pasar los dedos por fotos antiguas. En aquel cuaderno no se relataban los días uno a uno conforme iban pasando las cosas sino datos que le llamaban la atención: versos, imágenes… No era un diario en sí, sino más bien una cajita de recuerdos. Kiss interrumpió sus pensamientos dándole con la patita.

—¿Qué pasa, chico?

Él le respondió con un ladrido y una carrera hacia la puerta. Miró la hora en su móvil y vio lo tarde que era y aún no había sacado al pobre animal a hacer sus cosas… Ya le valía. Estaba en Babia. Con una pereza tremenda (a esas horas debía hacer frío sin duda por más que el calendario nos dijera que ya empezaba la primavera) se preparó para salir. Con un suspiro de resignación fueron hacia su piso para coger la chaqueta, pero algo la detuvo. La melodía triste que salía del tocadiscos fue como un puñetazo en todo el estómago. Al principio no supo muy bien por qué. La conocía, ahora no la localizaba pero la había oído mil veces. Las primeras notas de la guitarra fueron como uñas sobre su columna vertebral y la voz de Dio la remató:

«Ella no está desde ayer.
Oh, no me importa.
Nunca me importaron las pasadas
ilusiones en el aire…».

Incapaz de dejar que la melodía llegara al estribillo y la transformara en un saco de lágrimas fue hacia el aparato tropezándose con sus propios pies.

«... Sin suspiros ni misterios
ella yacía dorada al sol.
Sin armonías rotas,
pero he perdido mi camino
ella tenía ojos de arcoírirs…
ojos de arcoíris…».

El golpe con el que paró la aguja casi rompe el brazo del tocadiscos. Las manos le temblaban. El peor momento para oír aquella canción. Se oía jadear como si acabara de correr una maratón. Apartó las lágrimas que nublaban su vista a manotazos. Qué puntería, ir a seleccionar un disco y que justo este incluyera aquella maldita canción… *Rainbow Eyes*... Una risa amarga y mordiente se le escapó de la garganta. Ahora la que necesitaba tomar el aire era ella. Apagó la vela de canela y fue hacia su piso con el diario de Joyce bajo el brazo con Kiss enredándose entre sus pies y la triste melodía enredada en sus neuronas. Aquello bastó para que se decidiera. Quizá no solo pudiera tomar el aire… Quizá aún había algo que podía hacer.

Ya había pasado todo. Había ordenado su colección de forma minuciosa y esta no tenía que aumentar salvo que le obligaran. Si la gente conociera algo sobre el respeto se podría haber evitado todo esto. Él no decidía hacerlo, eran los demás los que se cruzaban en su camino de aquella forma. Estaba a punto de salir del parque y volver a casa, ya era tarde, no quería salirse de su horario salvo razones de fuerza mayor, además, aunque le costara admitirlo, su última captura le había afectado más de lo normal y una parte de él se preguntaba si había sido plenamente necesaria y aquella policía… Y aquella policía estaba ahora a unos metros de él en la zona iluminada de gravilla mirando a su teléfono. Lo sabía, sabía que aquel momento llegaría. La señora Summers no tenía que haber muerto, la culpa había sido de ella. Aquel diablo rubio la había envenenado con ideas absurdas sobre él. Le había presentado como un monstruo sin saber por qué lo hacía. Juzgando, hiriendo, culpando… En el fondo estaba tan perdida como aquellos periodistas con sus teorías absurdas. El maletín estaba en su mano derecha. Si se daba prisa podía hacerlo. Lo abrió y buscó sus herramientas. Aquella iba a ser la segunda vez que improvisaba, pero si una oportunidad como aquella llamaba a tu puerta tú simplemente la aceptabas.

No sabía si serviría de algo pero por lo menos se sentiría mejor. Debía hablar de nuevo con él, tratar de sonsacarle algo… ¡Lo que sea! Tras escribir con dedos febriles le dio al botón de enviar. En el WhatsApp contaba a Ramírez todas sus sospechas y, de paso, se disculpaba. «Tengo que ir a por él, Ramírez, sé que es él. Como ya has visto volverá a atacar. Vendrá al parque, a la misma hora… Y yo estaré allí». En las pelis funcionaba, ¿no? Aunque claro, en las pelis se perseguía al sospechoso con taconazo, el maquillaje perfecto y el pelo recién planchado. Mierda, por lo visto no le quedaban datos en su tarifa… Debía haber estado en casa sin conectar el WIFI. Con un gruñido exasperado observó la ruletita dar vueltas mientras cruzaba los dedos porque salieran los dos checks que indican que el mensaje había sido enviado de forma correcta. Cerró los ojos un momento y se presionó las sienes con los dedos tomando algo de aire. Le llegó un mensaje de Lorenzo, le decía que se pasara por el bar a tomar unas cañas para animarse. Quizá lo hiciera. Tanto si la cosa funcionaba como si no. No le vendría mal y ya que estaba vestida… Sería dejar a Kiss en casa y… Un olor dulzón le llegó justo antes de que un paño húmedo le cubriera las vías respiratorias. El atacante era más alto que ella pero aún así estaba segura de poder zafarse. Tenía que actuar rápido antes de que las fuerzas le fallaran. Si tan solo consiguiera llegar a la pistola... Recordó las siglas PONI: Pie, Ombligo, Nariz, Ingle. Los cuatro golpes se sucedieron con la rapidez que da el entrenamiento. Le golpeó una vez más en la cabeza intentando dejarle inconsciente ya que las piernas le fallaban y no podría huir en aquellas condiciones. Sus dedos torpes apenas podían sacar el arma de su funda haciendo que la misma cayera rebotando sobre la gravilla. Gritó con toda la fuerza de sus pulmones por si podía llamar la atención de alguien. Al mirar el rostro del agresor vio frente a ella a Caín Reyes. Con el pulso acelerado y el cerebro a punto de venirse abajo le atacó una última vez. Desechando la pistola que no podía empuñar mordió su pómulo izquierdo hasta notar que la sangre le llenaba la boca. Pruebas. Era lo único racional en lo que podía pensar. «Quizá me mates, cabrón», pensó «pero tengo restos tuyos entre los dientes» y con la sangre resbalando por su barbilla y una sonrisa desquiciada el mundo se volvió negro mientras un sonido familiar, el tono de su móvil, resonaba de fondo, cada vez más débil.

Lo sabía, sabía que no debía improvisar. Por todo aquel desorden ahora tenía un trozo de carne colgando donde antes tenía la mejilla. Sabía que era policía, pero no esperaba que tuviera tanta fuerza. Se había revuelto, escurridiza como una serpiente, y le había arrastrado al suelo en su caída.... Generando mucho ruido, demasiado... Pero lo hecho, hecho está. Tenía que ser rápido esta vez. Tomó el bisturí y las pinzas, dejó preparado el bote. Sus movimientos eran torpes debido a los golpes recibidos, pero la presa había caído y él no iba a irse sin su trofeo. Con la misma saña con la que actuó la primera vez, sin preocuparse de la limpieza, consiguió extraer el primer ojo y ponerlo en su recipiente que, una vez cerrado, introdujo en el maletín. Los cortes eran menos precisos y parte del nervio óptico le devolvía la mirada como un gusano deforme. Se apresuró a taponar la herida con la gravilla del suelo, apelmazándola en el agujero y, entonces, ella se movió. Era solo un gesto ligero pero, no podía arriesgarse más. Maldiciéndose a sí mismo buscó de nuevo el pañuelo y el cloroformo cuando unos dientes acompañados de un gruñido feroz buscaron su garganta. Aquel amasijo de pelo... Debió haberle matado la vez anterior. Al cubrir su rostro con la mano izquierda el perro hizo presa de ella destrozando los dedos mientras sacudía la cabeza con fiereza. Una vez más su padre vino en su ayuda, esta vez en forma de recuerdo. Sabía cómo librarse de un perro de forma eficaz. Un golpe seco en el morro y obtuvo como respuesta un quejido. Pero Kiss no estaba dispuesto a dejarlo ir. Le hicieron falta tres golpes más a los que tuvo que imprimir toda su fuerza para dejar al animal inmóvil. El cuerpecillo cayó al suelo como un muñeco de trapo. Suspiró aliviado. Al darse la vuelta hacia donde estaba el cuerpo de la chica le recibió un golpe en la sien que le tiró de espaldas al suelo.

Todo dolía. Todo. Y la visión nublada no ayudaba. Desorientada y confusa solo podía ver a aquel monstruo tirando el cuerpecillo de Kiss al suelo. Con unas fuerzas sacadas de la rabia más pura le golpeó y consiguió tirarle al suelo, pero al ir a por la pistola las fuerzas le fallaron y se derrumbó. Ruido de pasos, luces azules y rojas y, otra vez, el mundo quedó en sombras...

Corría aferrándose al maletín como si en él fuera su vida. Tropezando con las raíces, maldiciendo sus pasos torpes. Gotas de sangre caían desde su mano y su mejilla destrozada. No debió improvisar. Debió seguir un orden. Su madre tenía razón, toda felicidad, toda paz que se le brindara él la corrompería. Sus jadeos retumbaban al compás de sus latidos acelerados. Con manos ensangrentadas aún cubiertas por los girones de los guantes desechables abrió la puerta de su casa. No tardarían en llegar. Debía darse prisa. Subió las escaleras, esta vez no podría seguir con el ritual de limpieza, no había tiempo. Abrió de un portazo la habitación pequeña frente a la que hacía guardia la forma disecada de su fiel Tizón. Encendió la luz de la única bombilla que colgaba de un cable desde el desangelado techo. Abrió el maletín y contempló su última pieza, estaba destrozada, no podría ponerla junto a las otras. Varios pares de ojos le contemplaban recriminándole su fracaso. Sus pupilas se detuvieron en la pieza central, implorando una clemencia que esa mirada jamás le dio. Dos iris del mismo color que los suyos, recorridos por capilares en los que había circulado la misma sangre. Dos iris a los que les acompañaba una voz cargada de constante decepción.

—Lo siento. Lo siento, madre.

Aún podía redimirse. Lo haría. Lo veía claro como el agua. Abrió de nuevo el maletín. Aún había una cosa que podía hacer. Ella le había mostrado aquel camino. Ella había muerto para despertar aquella verdad en él.

Ya estaba mayor, no le quedaba mucho de vida. Lo que antaño fueron unas manos fuertes ahora estaban plagadas de venas prominentes y manchas. La belleza de la juventud mermada por la amargura de un alma que jamás perdonaba le devolvía una mirada plagada de arrugas. Su madre habría perdido movilidad y fuerza, pero su espíritu seguía luchando. Cada vez que entraba en la habitación, cada vez que la cambiaba, limpiaba y alimentaba, unas llamas iracundas le perforaban la carne. Había intentado encontrar a alguien, pero nadie le gustaba y las personas contratadas acababan marchándose indignadas por el trato recibido. No solía dejarla sola. Había empezado a autolesionarse y era culpa suya. Eso era algo que con voz cascada y oscura le repetía cada vez que curaba con mimo sus heridas. Hasta que un día, simplemente, no volvió a pronunciar palabra. Él recibió aquel cambio con cierto alivio. No más gritos ni reproches, solo una mirada vacía que parecía no verle. En uno de aquellos días de calma aparente se quedó dormido en el salón debido al agotamiento hasta que una risa seca le despertó. Asustado miró a su alrededor, la silla de su madre estaba vacía. ¿Cómo había podido levantarse en su estado? Siguió las carcajadas hasta la cocina y allí la encontró, encorvada sobre el fregadero, riendo.

—Sé que estás ahí, monstruo, lo sé… —dijo su madre dándose la vuelta— y ahora no tengo que volver a ver esa asquerosa cara tuya.

En las palmas de sus manos estaban sus ojos cubiertos en sangre, su sangre. Una cascada roja caía desde las cuencas vacías. Los párpados destrozados enmarcaban los nervios oculares que temblaban con los espasmos que sacudían el cuerpo de su madre que se fue deslizando hasta quedar sentado en el suelo. Sobre sus palmas arrugadas sus pupilas le miraban por una vez sin odio, sin asco… Por primera vez en paz. Una paz que él ansiaba. Una paz que sabía cómo conseguir.

Aquello había sido todo un espectáculo. Los medios estaban volviéndose locos con la historia y con lo que encontraron en la casa del asesino. Aún recordaba a un anonadado Ramírez sacudiendo la cabeza cuando la visitó en el hospital. Como si no supiera por dónde empezar, le pasó el archivador del caso y le dejó leerlo mientras iba a por algo de café. ¡Suerte que los datos habían funcionado pese a ir más lentos! Tras perder el conocimiento la policía había llegado gracias a las indicaciones que ella mandó en su mensaje con un cabreadísimo Ramírez a la cabeza. Al poco de recibir el mensaje su compañero la llamó y al no recibir respuesta fue hacia el parque a toda prisa. Desafortunadamente Reyes había echado a correr y tenían que atenderla antes de que sus heridas derivaran en algo peor.

—Estuve tentado de dejarte ahí, te lo mereces por gilipollas. —Todo un discurso viniendo de la montaña inamovible cuyo cuerpo hacía equilibrios sobre la diminuta silla de la habitación con un vasito de plástico lleno de líquido negro.

Estando en aquellas condiciones la trasladaron al hospital de forma urgente. Al revolverse contra su atacante no había inhalado la misma cantidad de cloroformo que el resto de las víctimas y eso les había dado un tiempo precioso. El suficiente para hacer ruido, herir a su atacante «y arrancarle media cara de un mordisco», se dijo con orgullo. Algo bueno había aprendido tras ver *The Walking Dead*, ¿no?

—¿Y Kiss? —preguntó Gemma aunque ya intuía la respuesta.

Ramírez negó apesadumbrado y contestó:

—Para cuando llegamos ya había muerto.

Con la vista nublada volvió a centrarse en los papeles que tenía entre las manos negándose a llorar.

—Si sigo viva es gracias a él —susurró.

—Desde luego —dijo su compañero entre sorbos—. Si fuera por tu estupidez ahora mismo tendríamos otro cadáver más.

Aceptó la regañina, sabía que solo era parte de lo que se le venía encima una vez se acabara la euforia del cierre del caso. Le sacó la lengua al hombretón que resopló exasperado levantándose para irse. Cuando fue a despedirse acercó su enorme cabezón y le susurró en el oído:

—Los dos sabemos que si no llega a pasar esto y solo con tus sospechas ese cabrón estaría suelto... Pero que no se te suba a la cabeza. Si vuelves a hacer semejante gilipollez quien te mata soy yo, ¿entendido?

Ella asintió entre la sorpresa y el ánimo, y le vio marchar recordando que aquella seguramente era la conversación más larga que habían mantenido en todos aquellos años trabajando juntos. Entre una curiosidad morbosa y las ganas de dar carpetazo a aquel asunto lo antes posible volvió a centrarse en los documentos que tenía en el regazo. Lo que leyó la horrorizó, incluso ahora que parecía que nada podría superar lo que ya había visto.

Aunque el espectáculo era dantesco en el parque no era nada comparado con lo que habían encontrado al llegar a casa del asesino. En la primera planta todo estaba ordenado al milímetro, ni platos en el fregadero, ni zapatos fuera de su armario... En la planta superior encontraron un despacho en cuyas baldas además de varios libros de medicina encontraron botes con cloroformo, conservante y, en un maletín, varios recipientes esféricos de cristal junto a material quirúrgico. Fue en el cuarto más pequeño en el que le encontraron, encarando la puerta. Una balda recorría las paredes por lo demás desnudas, desde ella les miraban ojos, ordenados por parejas, su tamaño aumentado por el efecto del líquido conservante y el cristal. Y en el medio de la estrecha habitación, con la luz de la única bombilla iluminándole como si de un escenario se tratara, estaba Caín Reyes. De rodillas en el suelo, encorvado, meciéndose hacia adelante y hacia atrás al son de una cancioncilla de cuna absurda mientras acunaba algo en sus manos con el rostro cubierto de sombras y las ropas ensangrentadas. Cuando le ordenaron que se levantara, alzó la cabeza y sonriendo les miró con unas cuencas vacías desde una cara apenas reconocible. Les mostró lo que tenía en las manos, sonriendo. Sus ojos, el muy cabrón se había arrancado sus propios ojos. Según una anotación de su compañero, lo último que dijo, riendo, fue:

—Sé que estáis ahí, lo sé... Pero ahora no tendré que volver a ver esas asquerosas caras.

Murió de camino al hospital. ¿Era mala persona por alegrarse soberanamente de aquello? No comprendía por qué esa obsesión con los ojos y a aquellas alturas, pensó frotándose la tela que le cubría media cara, no sabía si quería saberlo. «Ya podrías haber hecho eso de primeras, cabronazo», pensó Gemma agradeciendo no tener que haber visto esa escena. Se recolocó el parche, le seguía resultando incómodo aunque, sin duda, tendría tiempo de sobra para acostumbrarse a él. Un torbellino le inundaba la cabeza. No sabía qué sentía exactamente. ¿Estúpida? Desde luego, y eso le había costado, literalmente, un ojo de la cara. Pero no podía evitar sentir cierto alivio y ¿por qué no decirlo? Orgullo. Caminó con cuidado al baño, aún le costaba medir las distancias y seguía encontrándose débil. Al terminar e ir a lavarse las manos contempló su rostro en el espejo. «Esta eres tú ahora» pensó y como si de pronto se le hubiera ocurrido algo llamó a Lorenzo, en cuanto este descolgó dijo:

—¿Por cuánto crees que podría vender mi colección de terror? Incluyo cómics, películas… Todo en perfecto estado.

Tras todo lo que había pasado lo último que quería era llegar a casa y ver cualquier cosa que le recordara lo más mínimo al caso. Si le apetecía sentir miedo solo tenía que apartar el parche que cubría parte de su cara y recordar. Al final iba a tener razón el cabrón de Lorenzo y tendría que buscarle colecciones pastelosas a partir de ahora.

FIN